Promise à un comte

NINA MILNE

Promise à un comte

Traduction française de
ANNE DAUTUN

AZUR

HARLEQUIN

Collection : Azur

Titre original :
FALLING FOR HIS STAND-IN FIANCÉE

HARPERCOLLINS FRANCE
83-85, boulevard Vincent-Auriol, 75646 PARIS CEDEX 13
Service Lectrices — Tél. : 01 45 82 47 47 - www.harlequin.fr
ISBN 978-2-2804-8743-6 — ISSN 0993-4448

Composé et édité par HarperCollins France.
Imprimé en février 2023 par CPI Black Print (Barcelone)
en utilisant 100% d'électricité renouvelable.
Dépôt légal : mars 2023.

MIXTE
Papier issu de sources responsables
FSC® C159065

Pour limiter l'empreinte environnementale de ses livres, HarperCollins France s'engage à n'utiliser que du papier fabriqué à partir de bois provenant de forêts gérées durablement et de manière responsable.

1.

Adriana Morrison tendit l'oreille, le pinceau en suspens.

Mince, on l'appelait. Elle qui avait cru disposer de quelques heures de solitude !

Vite, elle couvrit son chevalet et le mit hors de vue avec son matériel de peinture, puis elle balaya la pièce du regard en quête d'un indice qui risquerait de révéler son activité clandestine. Enfin, rassurée sur ce point, elle s'examina : aucune tache de peinture sur ses vêtements, heureusement. Il est vrai qu'elle venait de s'y mettre…

Elle alla ouvrir et sourit à sa sœur aînée avec une affection mêlée d'une pointe d'envie familière.

Elle ne parvenait pas à s'en départir en dépit de son amour pour Stella. Sa sœur était belle, intelligente, vive, parfaite en tout. Elle était la privilégiée, celle qui ne pouvait commettre aucune faute, la fille adorée de leur père – pour autant que ce dernier était capable d'adorer quelqu'un.

Lord Salvington ne supportait pas sa vue à elle, Adriana. Elle aurait dû être le fils tant désiré, le fils que l'échographie avait malencontreusement fait espérer. Parfois, Adriana tentait d'imaginer l'instant où Lord Salvington avait su qu'il avait une fois de plus une fille. Sa déception, son amertume, la rage peinte sur ses traits hautains. D'autant plus violentes que, à la suite de complications survenues durant la grossesse, son épouse ne pourrait plus enfanter.

Tourmentée une fois de plus par un sentiment de culpabilité, Adriana tenta de refouler ses pensées.

Sa raison lui faisait valoir que si elle était née fille ce n'était pas sa faute, qu'elle méritait l'amour de son père quel que soit son sexe. Mais, confrontée des années durant à la déception paternelle, à la désintégration du mariage de ses parents, aux rebuffades humiliantes de son père et à la tristesse de sa mère, elle ne pouvait s'empêcher de penser qu'elle était le catalyseur qui avait entraîné sa famille sur ce chemin de malheur. Qu'elle le veuille ou non, à cause d'elle, le titre et le domaine de Salvington risquaient de revenir à un très lointain cousin américain, un certain Bobby Calloway, qui se souciait fort peu d'avoir sur les bras la responsabilité d'un domaine et qui avait fait savoir qu'il vendrait Salvington au plus offrant.

Adriana comprenait la frustration de son père à l'idée qu'une telle chose puisse se produire à cause d'un principe archaïque comme la primogéniture mâle : la propriété et le titre nobiliaire ne pouvaient être transmis qu'à un héritier de sexe masculin. Pour lui rendre justice, Lord Salvington avait lutté sans relâche pour tenter de changer ces dispositions afin que Stella hérite. En vain. Son plan B, une liaison dénuée de sentiments pour rendre une autre femme enceinte, avait abouti au scandale qui avait secoué leur famille. Car, lorsqu'une échographie avait révélé que le bébé serait une fille, Lord Salvington avait désavoué la mère, et la malheureuse avait rendu l'affaire publique avant de perdre l'enfant. Adriana ressentait encore la brûlure du chagrin et de la honte de cette affaire. D'autant que, pour une obscure raison, l'aversion de Lord Salvington envers elle avait redoublé après cela. Comme si le plan B avait échoué par sa faute à elle.

Heureusement, sa mère et sa sœur l'aimaient et la protégeaient de leur mieux, même si Stella avait soin de ne pas lui manifester d'affection en présence de leur père. Elles avaient appris très tôt que cela avait le don de mettre en rage Lord Salvington, dont la langue acerbe se déchaînait alors. Du coup, la meilleure attitude pour Adriana était de se rendre autant que possible invisible. Elle passait des heures à l'écart, vagabondant dans le domaine ou occupée à peindre en secret. Elle peignait les paysages de Salvington, tentait de capter la beauté et l'essence de ces lieux auxquels elle avait le sentiment d'avoir fait défaut. Son art, face lumineuse du nuage noir qui pesait sur elle, lui permettait d'exprimer ses sentiments. Il lui était précieux et elle ne parlait de son hobby à personne. Elle refusait de l'exposer aux railleries dédaigneuses de son père.

Ce qui ne les avait pas empêchées, Stella et elle, de forger un véritable lien.

Aussi fut-elle gagnée par l'inquiétude en voyant la pâleur de sa sœur et l'angoisse qu'exprimaient ses jolis yeux bleus.

— Qu'est-ce qui ne va pas ? Et que fais-tu encore ici à cette heure ? demanda-t-elle en consultant sa montre.

Stella aurait dû être en route pour son premier rendez-vous avec Rob Wilmington, vicomte de Rochester, héritier du comté de Darrow…

Aux prises avec une autre bouffée de jalousie, Adriana dompta ses pensées. Si elle avait nourri une folle toquade pour l'homme promis à épouser sa sœur, c'était un secret qu'elle comptait emporter dans la tombe. Heureusement, Rob ne s'était sûrement douté de rien.

— Je ne peux pas le faire, souffla Stella.

Elle avait parlé si bas et prononcé des mots si inattendus qu'Adriana pensa avoir mal compris.

— Pardon ?

— Tu m'as très bien entendue, dit Stella.

— Mais tout est arrangé, c'est toi qui as tout organisé…

— Je sais ! gémit Stella en se mettant à faire les cent pas devant le vieux bureau en acajou. Et c'était ce que je voulais, Ria, je t'assure. Je le voulais *vraiment*.

Adriana secoua la tête, incrédule.

Elle n'avait certes pas imaginé un tel retournement de situation ! Stella avait vu dans ce projet de mariage la « grande alliance » à laquelle elle était destinée et qu'elle avait toujours désirée. Un devoir qu'elle ne demandait pas mieux que d'accomplir. Car c'était là le plan C. Même si le domaine de Salvington et le titre nobiliaire ne pouvaient pas revenir à une fille, par la vertu d'une bizarrerie légale remontant à la nuit des temps, ils pouvaient être transmis à l'héritier mâle d'une fille. Mais à condition que cet héritier soit légitime – certes pas né hors mariage – et venu au monde lorsque le lord en titre était toujours vivant. Il était donc crucial, si les plans A et B échouaient, que Stella se marie et enfante un héritier. En outre, leur père attendait qu'elle contracte un « bon mariage ». Il voulait un héritier digne de lui, avec du sang bleu dans les veines.

Tenue par son devoir envers leur demeure ancestrale, Stella avait été heureuse d'abonder dans son sens. Au cours des semaines écoulées, plongée dans des revues spécialisées, elle avait façonné sa future existence de comtesse de Darrow. Elle n'avait qu'une exigence : que cette union de convenance passe pour un mariage d'amour. Elle et Rob seraient un couple aristocratique de rêve, ils accorderaient des interviews et des séances de photos aux magazines people, donneraient des bals et des dîners. Stella avait sûrement attendu avec impatience ce glorieux mariage. La « pose de la première pierre » aurait dû avoir lieu ce soir : un repas romantique arrosé au champagne, dans l'un des restaurants les plus onéreux d'Oxford, avec pour témoin un journaliste discrètement prévenu.

— Que s'est-il passé ? Qu'y a-t-il de changé ?

— Je suis enceinte, révéla Stella, se tordant les mains.

— Quoi ? lâcha Adriana, secouée. Mais si Rob et toi…

— Ce n'est pas l'enfant de Rob. Nous n'avons même pas encore échangé un baiser, dit Stella avec un rire étranglé. Le baiser était programmé pour notre rendez-vous numéro 3, sous le feu des projecteurs. Au rendez-vous numéro 2, nous devions nous tenir par la main. Ce soir, rendez-vous numéro 1, c'est une bise sur la joue qui était prévue.

— Mais alors, fit Adriana, qui tentait désespérément d'assimiler ce qu'elle découvrait, qui est le père ?

— Aucune importance.

— Au contraire, vu notre situation ! Vas-tu l'épouser ? Si le bébé est un garçon, il y aurait un héritier.

Stella continua à faire les cent pas, de plus en plus agitée.

— Impossible. Ce n'est pas une option. Pas plus que d'épouser Rob. Je ne peux pas agir comme si le bébé était de lui.

— Mais tu y as songé, n'est-ce pas ? demanda Adriana, se gardant d'adopter un ton réprobateur. C'est pour ça que tu t'es dégagée du rendez-vous à la dernière minute ?

— J'ai fait le test aujourd'hui seulement. Je sais que c'était stupide, mais je… j'espérais m'être trompée. Je me suis même dit que si j'étais enceinte je pourrais toujours avorter. Pourtant… bien que ce soit une catastrophe, je veux garder le bébé. S'il te plaît, ne m'en veux pas. Je sais que j'ai tout gâché, que j'ai anéanti notre plan, mais je trouverai le moyen de réparer ça par la suite…

— Calme-toi, je ne t'en veux pas. Je ne t'en voudrai jamais. Tu es ma sœur chérie.

Le plan avait été conçu du temps de leur enfance, quand elles s'étaient juré de sauver la demeure ancestrale. Il avait été décidé entre elles que Stella serait un jour la maîtresse des lieux, qu'elle assumerait ses devoirs dans la haute société et qu'elle représenterait Salvington en public. Adriana, elle, ferait ce qu'elle aimait par-dessus tout : s'occuper des terres, gérer le domaine.

— Quant au plan, poursuivit celle-ci, il est vain de t'en inquiéter pour le moment. Nous avons un bien plus gros souci : si tu n'épouses pas Rob, père sera fou de rage.

La crainte qu'elle éprouvait de la colère paternelle se refléta sur les traits de Stella.

Autrefois, Lord Salvington avait semble-t-il été un tout autre homme, bon et aimant. Leurs parents avaient contracté un mariage d'amour, et Lady Salvington leur parlait souvent de la période où il lui avait fait sa cour, décrivant un homme dont elles avaient du mal à imaginer qu'il ait pu être leur père.

Mais la déception due à l'absence d'héritier avait grevé cet amour d'amertume et, à mesure que les années stériles s'écoulaient, l'affection avait viré à l'aversion et au besoin de fustiger avec des mots au vitriol sa femme et sa fille puînée. Stella et Adriana avaient souvent imploré leur mère de quitter son époux, mais celle-ci avait refusé, trop consciente de l'amour que ses filles vouaient au domaine ancestral pour vouloir les en arracher.

Mais à présent ce serait pire. Quand Lord Salvington saurait que son enfant chérie lui faisait défaut, que le plan C s'écroulait, rien ne pourrait contenir sa fureur.

— Qu'allons-nous faire ?

— Il va falloir que je parle à père, dit Stella. Et il y a un autre problème. Rob doit m'attendre au restaurant, maintenant.

— Tu dois le prévenir. Il est inacceptable de le laisser en plan !

— Je sais bien ! dit Stella, reprenant son va-et-vient. Le hic, c'est que la presse nous guette. J'ai semé des allusions dans les lieux appropriés, et je suis sûre qu'il y aura sur place au moins un journaliste vedette prêt à couvrir le scoop. Donc, on le verra prendre mon appel ou lire mon SMS… Je n'arrive pas à réfléchir ! Si les médias viennent à se douter de ma situation…

— On sera dans une sacrée panade.

— Plus encore que tu ne l'imagines. Je ne peux pas courir le risque que la paternité de cet enfant soit connue. Vraiment pas, dit Stella, dont la voix se brisait. Mais il y a une chose qu'on pourrait tenter…

Rob Wilmington, vicomte de Rochester, futur comte de Darrow, consulta discrètement sa montre.

Où était donc Stella ? Il en était réduit à supposer qu'elle projetait une entrée en grand style…

Une fois de plus, il s'interrogea sur cette idée d'une idylle publique.

Il admettait qu'un retournement heureux, positif, pourrait – c'était à espérer ! – neutraliser les effets désastreux du scandale sur leurs deux familles. Aujourd'hui encore, deux ans après, il gardait à la bouche le goût amer de l'humiliation d'avoir vu à la une des journaux à scandale sa fiancée surprise dans une étreinte passionnée avec un ex. Il avait donc accepté la suggestion de Stella, et même compris le point de vue qu'elle lui avait annoncé : « Je n'ai aucune envie d'une véritable idylle, mais j'aimerais en avoir les avantages. »

Il l'avait donc laissée mener campagne, semer des indices pour que leur premier rendez-vous ne passe pas inaperçu, programmer les semaines à venir.

Lui non plus n'avait pas le moindre intérêt pour une idylle. Il n'aurait plus jamais la stupidité de tomber amoureux. Il avait tout risqué pour Emily ! Ses parents avaient menacé de le déshériter, consternés par sa déclaration d'amour pour une jeune fille tellement au-dessous de leur condition. Il s'en était soucié comme d'une guigne. Si Emily venait d'une cité HLM à histoires, si son père et son frère avaient fait de la prison et si ses ex laissaient à désirer, quelle importance ?

Non, tout cela ne comptait pas. Le fait crucial était que sa flamme pour Emily n'avait pas été payée de retour. Elle l'avait mené en bateau, s'était prêtée au jeu parce qu'elle convoitait une vie glamour, éblouie par son titre nobiliaire et son rang.

Elle avait été une ombre portée des parents de Rob, en quelque sorte. Son père et sa mère l'aimaient parce qu'il était l'héritier attendu, qu'il garantissait que la lignée des Darrow perdurerait encore une génération au moins. Avant sa naissance, ils avaient perdu presque tout espoir d'une descendance. Après des années de fausses couches et de traitements inopérants, il était arrivé tard dans leur vie. Ils ne l'avaient jamais considéré comme un individu à part entière. Il était « l'enfant miracle », la denrée précieuse qu'il leur fallait pour perpétuer les traditions des comtes de Darrow. Par voie de conséquence, ils avaient tenté de contrôler sa vie au nom de l'amour et du devoir. Ils avaient décidé qu'il était trop risqué pour lui de rouler à bicyclette, l'avaient envoyé en pensionnat avec interdiction de jouer au rugby, de nager ou de faire quoi que ce soit qui l'aurait mis en danger physiquement.

Du moins, ils l'aimaient à leur manière. Il ne pouvait pas en dire autant d'Emily. Elle avait renoué avec son ex, fraîchement sorti de prison. Une fois que tout était devenu public et que les yeux de Rob s'étaient dessillés, l'ex-amant, ravi de se faire un peu d'argent facile en toute légalité grâce aux médias, l'avait convaincue d'en profiter.

Quand Rob se remémorait certaines « vérités » intimes révélées par Emily, il bouillait de colère. Non seulement contre elle, mais aussi contre lui-même, qui s'était laissé prendre à sa comédie, à sa passion factice. Alors que, comme elle l'avait gaiement proclamé à qui voulait l'entendre, en position allongée, elle pensait en réalité à son ex. Là-dessus, temps d'arrêt et petit sourire : « J'ai essayé, vraiment, parce que Rob est quelqu'un de bien, et il se démenait pour bien faire. »

Basta ! C'était de l'histoire ancienne. Il avait été stupide, mais il ne le serait plus. Après Emily, il avait résolu de prendre le contrôle de sa vie, de ne plus permettre à quiconque de lui imposer sa loi. Certes, il accomplirait son devoir, parce que c'était la conduite décente à tenir, mais selon ses propres termes.

Il avait conclu un marché avec ses parents : il partirait pendant deux ans. À son retour, il se caserait, engendrerait un héritier et dirigerait le domaine afin que son père et sa mère puissent, après avoir voué leur existence à Darrow, profiter de leur villa au Portugal. Mais il ne se contenterait pas de suivre leurs traces. Il voulait façonner sa propre destinée. Cette volonté s'était renforcée pendant ses deux années d'absence. Où il avait joui de la liberté d'être Rob Wilmington tout court, sans afficher son titre nobiliaire. Aux États-Unis, il avait suivi plusieurs cursus – de gestion, de graphisme, de conception de sites web –, et à un moment donné du parcours une idée de création d'entreprise avait germé dans son esprit. Une idée qu'il avait développée avec une condisciple, Fleur Hardcastle, et pour laquelle il avait obtenu des fonds.

Easel Enterprises serait une réussite, il en était certain. Il était fier qu'elle ait été conçue par Rob Wilmington tout court. Fleur seule avait su qu'il était un aristocrate. Bientôt, elle lancerait l'entreprise. Pour le moment, il avait choisi de rester en coulisses comme consultant, car l'heure était venue d'assumer son devoir familial. Ses parents venaient de passer le cap des soixante-dix ans, ils voulaient voir un héritier, savoir que le comté se perpétuerait. Il comprenait leur besoin de pérennité.

Cependant, une fois marié, une fois qu'il aurait la main sur le domaine, il entendait avoir une vie bien à lui. Il avait l'intention d'accomplir de grandes choses avec Easel Enterprises.

Mais, ça, c'était l'avenir. Le mariage venait d'abord. Un mariage de convenance, parce qu'il ne donnerait plus jamais à une femme le pouvoir de le blesser ainsi. Ni aucun autre pouvoir, d'ailleurs. Ce serait un partenariat, un arrangement mutuellement profitable.

Mais où était donc Stella ? Il était prêt à jouer son rôle de Roméo. Il ne manquait plus que Juliette.

Il leva les yeux alors que la porte à tambour du restaurant pivotait, livrant passage à une bouffée d'air frais et au brouhaha de la foule qui faisait les boutiques. Son regard se posa sur la femme qui venait d'entrer.

Ce n'était pas Stella – elle n'était pas blonde, ses vêtements ne convenaient pas. La nouvelle venue avait des cheveux châtain clair à hauteur des épaules, une frange trop longue. Rentrant les épaules, elle trahissait une forte appréhension.

Se disant qu'il l'avait un peu trop fixée, il détourna le regard, puis ramena les yeux sur elle, soudain saisi d'un sentiment de familiarité.

Il savait qui elle était, bien sûr ! Et il n'était pas le seul à l'avoir identifiée. Un couple, à une table voisine, manifestait de l'intérêt pour elle, et il se demanda si c'étaient des journalistes.

Avant qu'il ait pu déterminer une ligne d'action, elle balaya sa frange d'un revers de main, redressa les épaules et se hâta vers sa table.

— Rob.

Rompu à l'exercice, il se leva, affichant un sourire de bienvenue. Que diable faisait-elle ici ?

Comme elle trébuchait, il eut un mouvement instinctif pour la retenir, et alors que ses bras lui enlaçaient la taille il éprouva un trouble imprévu, si surprenant qu'il se figea. S'étant ressaisi, il la stabilisa en douceur. Quand il croisa son regard il y lut une réaction en retour, avant qu'elle ne baisse les yeux, rougissante.

— Adriana ? Est-ce que St…

Sans lui laisser le temps d'achever, elle lança :

— Salut, Rob ! Je suis navrée d'être en retard, à notre premier rendez-vous en plus ! Mais je suis heureuse d'être enfin là.

Il cilla.

De deux choses l'une, ou il perdait la boule, ou il avait confondu les deux sœurs. Mais ce n'était guère vraisemblable, il devait y avoir une raison à la présence d'Adriana en ces lieux, et cela ne lui disait rien qui vaille ! Il sentait monter une colère sous-jacente. Il lui déplaisait d'être manipulé. Pour comble, la presse en était témoin !

De nouveau, Adriana balaya sa frange, révélant de grands yeux gris qui le considéraient avec une pointe d'appréhension et une expression implorante.

Conscient des coups d'œil venus de la table voisine, il décida de jouer le jeu.

— Ne t'inquiète pas, je suis content que tu sois arrivée, dit-il avec calme.

Il perçut son léger soupir de soulagement.

Comme elle s'attablait, il saisit cette rare occasion de l'examiner. Pour une raison ou pour une autre, elle n'avait pas assisté au dîner familial qui avait précédé la romance programmée. Mais il se rappelait leur rencontre quelques années plus tôt, lors d'une soirée à Salvington Manor – la fête d'anniversaire de Stella, lui semblait-il. Il l'avait repérée, intrigué par la grande différence entre les deux sœurs. Contrairement à Stella, Adriana fuyait les lumières de la rampe, elle semblait se réfugier en coulisses. On aurait dit qu'elle voulait se fondre dans le décor.

Il était tombé sur elle dans la cuisine.

— Désolée, Stella n'est pas ici, avait-elle dit.

— Ne sois pas désolée, je suis très heureux de t'avoir trouvée.

Cela lui avait valu un sourire, frappé d'incrédulité mais appréciateur.

— C'est gentil de ta part.

— Je n'ai pas dit ça pour être gentil. Si je te donnais un coup de main ?

Et, pendant un quart d'heure, il avait bavardé avec elle tout en l'aidant à laver les verres, à charger le lave-vaisselle et à disposer des canapés et des en-cas sur des plateaux.

— Comment se fait-il que tu te charges de ça ? avait-il demandé.

Des traiteurs avaient été engagés, et il était sûr qu'il y avait du personnel disponible.

— Je ne suis pas portée sur les soirées. Je préfère me donner une occupation. Comme ça, on remarque moins que je ne fraie pas avec les gens. De toute façon…

Elle s'était interrompue alors que Stella entrait dans la cuisine, souriant jusqu'aux oreilles, ses longs cheveux blonds cascadant sur les épaules.

— Ah, te voilà, Rob ! On te cherchait. On va commencer une partie de Tour infernale.

Elle s'était tournée vers Adriana.

— Rob est le roi pour empiler les blocs de bois. Viens donc, Ria, joins-toi à nous.

— Non merci, avait répondu Adriana., je suis un peu fatiguée, et tu sais bien que je suis mauvaise à ce jeu, je ne veux pas gâcher votre partie.

Sa voix était amicale, sans note de regret, son sourire à la fois doux et résolu.

En la voyant s'effacer ainsi, il avait froncé les sourcils, tenté de demander si elle était sûre de ne pas vouloir jouer, mais avant qu'il ait prononcé un mot elle avait gagné le seuil.

— Merci pour le coup de main, Rob ! Bonne partie, j'espère que tu gagneras.

Il n'avait pas gagné. En fait, il avait été perturbé durant l'heure suivante, distrait par ses grands yeux, son doux sourire inattendu, la prudence et la réserve de son expression.

C'était alors, et aujourd'hui était un autre jour. Pourtant, étrangement, il avait gardé un souvenir net de l'incident. En examinant Adriana, il s'avisa que peu de choses avaient changé en elle. Elle avait toujours cette frange trop longue qui détournait l'attention de son visage, mais il voyait à présent qu'elle avait des traits saisissants. Pourquoi s'arrangeait-elle pour que sa coiffure les dissimule ?

Elle avait de grands yeux gris, couleur d'océan par un jour d'orage. Et un visage qui vieillirait bien, conserverait sa belle architecture classique. Son nez aquilin était racé, ses lèvres généreuses…

Comme son regard s'attardait sur sa bouche, il prit soudain conscience qu'il n'avait jamais examiné Stella ainsi.

— Eh bien, dit Adriana, j'espère que le restaurant te convient. C'est l'un des préférés de Stella.

Elle lui jeta un regard et continua, les yeux sur le menu :

— Elle m'a chargée de te dire au revoir. Elle part en Espagne pour des vacances prolongées.

Quoi ?!

Il ravala tant bien que mal une exclamation de colère en remarquant la crispation des doigts d'Adriana sur la carte.

Si justifiée que soit sa fureur, il n'était pas du genre à « tuer la messagère ». Il feignit un intérêt poli.

— J'ignorais qu'elle projetait des *vacances,* dit-il.

Il avait appuyé sur le dernier mot. Après tout, il avait eu des raisons de croire qu'elle projetait un *mariage.*

— C'est une décision de dernière minute. Je l'ai laissée en train de faire ses bagages tambour battant. Elle ne sait pas combien de temps elle sera absente. Au moins deux mois.

— *Je vois,* fit-il, d'un ton destiné à signifier qu'il ne « voyait » rien du tout.

— Aimerais-tu aller en Espagne ? demanda-t-elle, et il perçut son anxiété. Je ne parle pas de maintenant, évidemment.

— Évidemment non, fit-il, sarcastique.

Il la vit tressaillir, jeter un coup d'œil autour d'elle.

« Allons, Rob, reprends-toi ! » Il y avait des journalistes

dans les parages, et la dernière chose dont il avait envie c'était de voir étalé à la une le lendemain : *Après rupture et scandale, premier rendez-vous ingrat pour le vicomte.* Stella et lui étaient convenus que leur premier rendez-vous devait être un tournant positif, l'amorce d'une publicité favorable.

— Parce que, en ce moment, je suis ici avec toi. Et il n'est pas d'autre endroit où je voudrais être, développa-t-il.

— « Ah, qu'en termes galants ces choses-là sont dites ! » lâcha Adriana sans perdre son sourire – et cette fois c'était elle qui, sous couvert de citer Molière, avait laissé percer une note sarcastique. Stella t'envoie ses meilleures pensées, elle voudra savoir comment tournent les choses, puisque c'est *elle* qui nous met en présence grâce à son petit complot.

Telle était donc la version officielle de l'histoire !

Il ne pouvait qu'admirer la façon dont Adriana avait dirigé la conversation.

À ce moment, ils furent abordés par le maître d'hôtel.

— Le champagne, comme convenu ?

Rob jeta un coup d'œil à Adriana, vit son discret signe de tête et sut que Stella l'avait mise au fait.

— Quelle attention délicate, dit-elle alors que le liquide versé d'une main experte remplissait les coupes en cristal.

Il leva la sienne.

— À quoi allons-nous boire ?

— Aux nouveaux départs, dit-elle, suivant le scénario de Stella.

Comme ils faisaient tinter leurs coupes l'une contre l'autre, il ne manqua pas de remarquer que la femme du couple voisin prenait une photo de la table où elle était assise. Il était prêt à parier qu'Adriana et lui étaient sa véritable cible. Après le cliché, Adriana se pencha pour lui murmurer :

— Désolée. Il faut que j'aille aux toilettes.

Il la regarda s'éloigner, certain qu'elle s'était éclipsée à cause de la situation.

En une dizaine de minutes, Adriana avait su lui présenter des excuses, lui apprendre que Stella détalait en Espagne et lui donner la nouvelle version de ce rendez-vous : un « petit complot ». Il exigerait plus tard une explication, mais pour le moment il n'avait nulle envie de susciter une publicité négative. Alors, il jouerait le jeu. Si Adriana voulait ce premier rendez-vous, elle l'aurait, nom d'un futur lord !

2.

Adriana se retint d'appuyer le front contre le miroir frais. Elle savait à quelles extrémités les journalistes pouvaient se prêter pour un cliché, donc elle n'allait pas baisser la garde dans la prétendue intimité des toilettes d'un restaurant. Cependant, elle avait besoin de se ressaisir, ne serait-ce que pour reprendre le contrôle de sa libido. Car, si mortifiant que ce soit de l'admettre, à l'instant où elle avait vu le vicomte de Rochester, ses sens s'étaient enflammés. Pour comble, elle avait trébuché et s'était affalée dans ses bras, ce qui n'avait rien arrangé !

Rob avait-il perçu son trouble ?

Heureusement, elle pouvait faire passer ça pour de la frime. Car ils devaient jouer la comédie, rendre crédible ce rendez-vous. Elle espérait le lui avoir fait comprendre. Il ne fallait surtout pas qu'un journaliste trop zélé se demande pourquoi sa sœur s'était volatilisée à la dernière minute, et qu'il devine la vérité. Elle devait donner le change ! Mais comment ? Elle ne savait ni flirter, ni mener une conversation pleine d'esprit, ni épater les journalistes. Ça, c'était le domaine de Stella. À sa place, celle-ci aurait déjà ébloui et enjôlé Rob, même si ça ne faisait pas partie du plan. Elle avait toujours affirmé qu'elle ne s'intéressait pas à l'amour. Pourtant, elle avait tant de charme que les hommes tombaient comme des mouches, ensorcelés.

Adriana observa son reflet et soupira.

Elle était dépourvue des atouts que sa sœur possédait : des cheveux blonds comme les blés, des yeux bleus frangés de longs cils, des traits délicats, une silhouette qui ne déparerait pas sur un podium. Elle, les hasards de la génétique l'avaient gratifiée de cheveux châtain clair qui frisottaient plus que de raison. Elle avait un nez busqué, une bouche un peu trop généreuse. Ses yeux gris étaient son meilleur atout, mais ils avaient des cils trop fins. Quant à sa taille, elle était moyenne, tout comme sa silhouette… Bref, elle était passable. Si Stella était dans la pièce, personne ne la regardait deux fois…

Assez ! Elle n'allait pas laisser tomber sa sœur, s'avouer vaincue, être celle qui déclencherait un nouveau scandale. Il n'était pas nécessaire que ce rendez-vous passe pour un succès, il suffisait qu'elle le rende *crédible* !

Reprenant son sac, elle retourna dans le restaurant et marqua un temps d'arrêt alors que son regard tombait sur Rob.

Voici que la reprenait cette drôle de sensation qui rendait ce dîner si difficile : le désir qu'il s'agisse d'un vrai rendez-vous.

Un désir compréhensible. Selon les canons admis, Rob était superbe avec ses épais cheveux blonds, ses yeux d'un bleu d'encre et ses traits anguleux qui feraient merveille sur grand écran. Il était grand, large d'épaules, mince et musclé… Si peu à sa portée qu'ils pourraient tout aussi bien vivre à des années-lumière !

Pourtant, elle devrait s'arranger pendant l'heure suivante pour qu'on croie à leur duo.

Un rapide coup d'œil sur la table voisine de la leur lui prouva que la photographe était toujours là et, à moins que son imagination ne lui joue des tours, avait même déplacé sa chaise plus près de Rob. Elle comptait sans doute se prêter à un bon vieux numéro d'écoute indiscrète, sinon même enregistrer leur conversation !

En s'asseyant, Adriana sourit, leva sa coupe et but une gorgée de champagne. Elle tenta de ne pas s'attarder sur Rob qui levait aussi sa coupe, de ne pas contempler le bleu profond de ses yeux ni l'élégant « désordre » de sa chevelure, ni…

Oh ! bon sang !

— Tu as choisi ? demanda-t-elle en fixant le menu.

— Je pense prendre le gigot d'agneau. Et toi ?

— Hmm. Stella dit toujours qu'il ne faut pas…

Elle s'interrompit.

Qu'est-ce qui n'allait pas chez elle ? Pourquoi mentionner Stella ? Probablement parce qu'elle aurait parié que Rob pensait à celle-ci. Tout comme Steve…

Le seul petit ami sérieux d'Adriana, le seul qui avait paru la préférer à sa sœur, s'était avéré être une sorte de détraqué, de pourchasseur clandestin, qui n'avait établi une relation avec elle que pour se rapprocher de Stella. Un scénario improbable qui, hélas, s'était avéré réel. Adriana avait la chair de poule quand elle repensait à Steve. Elle se rappelait l'instant où elle avait trouvé sa cache, un véritable autel à la femme adorée, avec des coupures de presse sur Stella, des photos d'elle et, pire que tout, le journal de Steve, qui détaillait… ses sentiments pour sa sœur. Il ne l'avait même pas nié quand Adriana avait eu une confrontation avec lui. Il s'était attendu à ce qu'elle accepte ses sentiments et lui soit reconnaissante de son attention.

« Je sais que je ne suis pas digne de Stella, mais à travers toi, au moins, je m'en sens plus proche. »

Quelle humiliation ! Elle s'était sentie si stupide ! Dire que pendant des mois elle s'était autorisée à croire que quelqu'un l'aimait pour elle-même ! La préférait à Stella ! Elle aurait dû avoir appris de son père qu'elle n'était pas digne d'amour, qu'elle ne serait jamais l'égale de sa sœur et certes jamais mieux qu'elle. Elle n'était pas près d'oublier la leçon.

— Stella dit toujours qu'il ne faut pas quoi ?

Sentant que Rob répétait une question déjà posée, elle se ressaisit.

— Prendre de la salade lors d'un premier rendez-vous, parce qu'on peut se retrouver avec des bouts de feuilles entre les dents. Ni des spaghettis, sinon on s'escrime à manger comme il faut au lieu d'écouter son partenaire.

— Quoi d'autre ? Je devine que le potage est déconseillé parce qu'on pourrait inspirer par mégarde le contenu de sa cuiller ?

Elle leva les yeux, vit que Rob s'était relâché et qu'une lueur d'amusement dansait dans son regard. Il semblait disposé à jouer le jeu. Quant à son sourire, il la rendait toute chose.

Elle se détendit un peu.

— Exact. Et j'imagine que l'ail est banni aussi, sauf si les deux en prennent…

Après avoir lâché ça, elle se tut, le feu aux joues.

— Je veux dire, pour le cas où ils rentreraient ensemble en voiture, balbutia-t-elle.

Ah, bravo ! Elle s'enferrait ! Au point où elle en était, autant aller jusqu'au bout.

— Mais pour ta gouverne sache qu'une de mes règles est « pas de baiser au premier rendez-vous ». Alors, tu peux demander un supplément d'ail si tu en as envie.

Le regard de Rob s'attarda sur ses lèvres.

— Je pense que les règles sont faites pour être transgressées, dit-il doucement.

Elle le dévisagea, les joues en feu, les sens en émoi, même si elle n'oubliait pas que ce n'était qu'une comédie.

— Dans ce cas, la prudence exige que je commande des spaghettis ET de la salade, dit-elle en souriant. Mais j'éviterai l'ail. À tout hasard.

Le sourire de Rob s'élargit.

— Commandons plutôt ce qui nous fait envie. Mais passons un accord : si tu as de l'épinard entre les dents, je te préviens, et réciproquement. Marché conclu ?

— Marché conclu, répondit-elle, et elle saisit la main qu'il lui tendait.

Le geste avait paru anodin mais, à son grand étonnement, elle fut parcourue d'une véritable décharge électrique. Son regard étonné croisa celui de Rob, et elle aurait presque juré qu'il avait eu une réaction identique à la sienne.

Elle fut soulagée que le serveur se présente pour prendre leur commande.

— Je prendrai le gigot d'agneau à la *salsa verde,* s'il vous plaît.

— La même chose pour moi, merci.

— Et vous aimeriez peut-être la spécialité du chef pour l'accompagner ? suggéra le serveur. Des pommes de terre fondantes à l'ail ?

Adriana lança un coup d'œil à Rob, vit que son regard pétillait d'amusement et ne résista pas.

— Oh ! Oui, s'il vous plaît. C'est si alléchant !

— La même chose pour moi, dit Rob.

Une fois que le serveur se fut retiré, il se renversa en arrière en levant sa coupe.

— À l'ail ! dit-il. Et à la transgression des règles ?

Au son embrumé de sa voix virile, elle sentit une onde de désir lui parcourir la peau.

— Je… Ça me rappelle une blague, dit-elle hâtivement. Que fait l'ail quand il a chaud ?

Rob réfléchit un instant puis renonça.

— Je donne ma langue au chat. Que fait-il ?

Trop tard, elle se remémora la chute.

— Il ôte sa chemise, lâcha-t-elle.

Il y eut un silence, puis Rob pouffa. Et soudain voici qu'elle riait à son tour, c'était tellement idiot !

— J'aime bien, fit-il. Même si je me demande ce qui t'a fait venir cette blague à l'esprit.

Il avait parlé d'une voix grave, flirteuse et taquine, et elle laissa échapper un léger soupir étranglé. Le plus dignement qu'elle put, elle répondit :

— Je n'en connais pas d'autre sur l'ail.

Ce qui lui valut un nouveau rire de Rob.

— Tu marques un point. Encore que. Je serais bien capable de me mettre en chemise. En *petite* chemise, dit-il en remuant les sourcils.

Ce fut plus fort qu'elle, elle s'esclaffa.

— Plus sérieusement, reprit-il, dis-moi comment ça se passe pour toi. Est-ce que les soirées te déplaisent toujours ?

— Oh ! Tu t'en souviens ? fit-elle, surprise et étrangement

réchauffée. Eh bien, oui, toujours, mais je peux éviter de m'y rendre. Et toi ? Es-tu toujours le roi des blocs de bois ?

— Il y a un bail que je n'ai pas joué à la Tour infernale. Je me rappelle aussi que tu espérais t'occuper du domaine familial. C'est chose faite ?

Comme le serveur arrivait avec leurs plats, elle goûta une bouchée, ce qui lui permit de marquer une pause avant de répondre.

Elle avait toujours su que Salvington était destiné à Stella. Son père n'avait jamais envisagé un quelconque plan qui l'aurait impliquée, elle, alors que le domaine serait également sauvegardé si elle donnait naissance à un garçon. En fait, il préférerait que le domaine échoue à un lointain parent plutôt qu'au fils qu'elle pourrait avoir.

Mais cela ne l'empêchait pas d'aimer Salvington d'un amour profond et instinctif, d'être attachée à sa demeure, à la forêt, aux terres, d'être sensible à la beauté majestueuse de ce lieu enraciné dans l'histoire. Ce lien s'était forgé dans son enfance, lorsque, dans sa quête d'invisibilité, elle passait de longues heures à vagabonder dans les terres cultivées, la campagne, les bois, les écuries. Elle en connaissait le moindre recoin, en avait observé des heures durant la vie sauvage, avait escaladé les arbres. Plus grande, elle avait emporté avec elle un carnet de croquis, dessinant divers endroits de la propriété à l'aide de ses crayons et fusains. Des croquis qu'elle s'essayait ensuite à transformer en tableaux dans l'intimité d'une pièce rarement utilisée devenue son atelier.

Elle pouvait espérer que la loi serait modifiée ou que Stella donnerait un héritier au domaine. Elle pourrait alors en devenir la régisseuse, sinon du vivant de son père, du moins quelque jour. Mais rien n'était gravé dans le marbre. Elle avait donc rassemblé son courage et suggéré à son père qu'elle pouvait apporter son aide. Il y avait consenti d'assez mauvaise grâce.

« Le moins que tu puisses faire, c'est de mériter ton gîte et ton couvert, j'imagine. »

— Oui, répondit-elle donc à Rob.

— Cela te plaît ?

— Beaucoup. Bien que ce soit un peu frustrant parfois.

Elle s'interrompit, soudain consciente de l'aisance de leur échange. Rob avait eu le don d'amener une timide jeune fille de dix-sept ans à soutenir une conversation, et il était clair qu'il le possédait toujours.

— Pourquoi ? J'aimerais le savoir, vu que je vais bientôt reprendre la gestion de Darrow à la suite de mon père.

— Ce n'est pas le genre de frustrations auquel tu seras confronté. Tu auras toute liberté.

— Tu as des idées que tu aimerais réaliser, mais tu n'y es pas autorisée, c'est ça ? dit-il, l'air intrigué. Si ce sont de bonnes idées, ton père les prendra sûrement en compte.

Elle retint un reniflement de dédain.

Tout d'abord, son père dénigrait par principe toute idée venue d'elle. Mais il y avait aussi d'autres considérations.

— Il pense que ça n'a pas de sens d'introduire des innovations si le domaine revient à l'héritier actuel, qui est porté à vendre et se moque que ça devienne un terrain de golf ou une zone industrielle. Donc, il estime que Stella décidera des innovations une fois mariée et mère d'un garçon…

Elle se tut brusquement.

Oh ! pourquoi, mais pourquoi était-elle si maladroite ? Alors que tout allait bien, les mots qu'elle venait de prononcer avaient plombé l'ambiance. La mention de Stella leur avait rappelé la raison de leur présence ici.

Rob leva son verre, sourcils froncés.

— Donc, d'une certaine façon, le mariage de Stella serait problématique pour toi. Ce serait dur de la voir prendre la relève, entreprendre des changements.

Il plissa les yeux, et elle crut deviner sa pensée : il la soupçonnait d'avoir saboté ses projets avec Stella. Or, elle savait qu'un jour Stella mettrait en œuvre ses idées. Mais c'était leur secret.

— Absolument pas. Je veux que ma sœur se marie et mette un fils au monde, dit-elle à voix basse en continuant à sourire, consciente de la proche présence des journalistes. J'aime Salvington, et je serai heureuse de me mettre en retrait si le domaine reste dans la famille. Ensuite, j'irai de l'avant, j'aurai une vie aventureuse, je voyagerai… Je m'occuperai peut-être d'un ranch en Australie ou d'un vignoble dans le sud de la France. Le monde m'appartiendra.

Ces projets étaient en vérité à peine formés, mais ils tenaient la route comme solution de rechange.

— Je veux que Stella se marie dès que possible parce que Salvington sera préservé une fois qu'elle aura un garçon.

Vraiment ? Elle s'enferrait de plus belle. Ce n'était pas ainsi qu'elle voulait voir évoluer la conversation.

Elle lut un soupçon de colère dans l'expression de Rob, ce dont elle ne pouvait pas le blâmer. Après tout, il avait escompté épouser Stella dans quelques semaines.

L'air dur, il hocha la tête.

— Pigé.

Elle avala sa dernière bouchée, vit qu'il avait fini aussi.

— Si nous allions prendre un dessert ailleurs ? Dans un endroit plus privé, reprit Rob.

Il avait recouvré son sourire, l'intonation charmeuse de sa voix suggérant un flirt. Mais le sourire ne se reflétait plus dans son regard.

Elle sentit l'appréhension la gagner.

L'heure était venue de braver la tempête, d'expliquer de façon plus précise à Rob la dérobade de Stella. Une conversation à laquelle elle ne prendrait aucun plaisir. Si elle n'était pour rien dans cette situation, la vie lui avait appris que cela ne comptait guère. Mais, puisqu'ils étaient censés avoir un rendez-vous romantique, elle devait faire mine de bien accueillir cette suggestion.

— Oh… Euh, oui. Ce serait… agréable, parvint-elle à dire. Si nous allions nous promener dans le parc ? Nous pourrions prendre un chocolat chaud et du cake.

Ce n'était probablement pas ce que Rob avait eu en tête, mais du moins elle était sûre qu'il ne s'emporterait pas en public. Ils auraient un entretien civilisé puis s'en iraient chacun de leur côté. Tout se passerait bien.

Même si, vu l'air crispé de Rob, cela ne semblait pas gagné.

3.

Rob se dirigea à grands pas vers les étendues du parc.

Enfin, il allait avoir des réponses franches et directes !

L'heure écoulée avait été déroutante. Il n'avait pas la moindre idée de ce qui avait provoqué la fuite en Espagne de Stella, et il s'expliquait encore moins qu'Adriana ait pris sa place. Était-il possible qu'Adriana ait saboté leur projet de mariage afin de conserver son job de régisseuse ?

Il glissa un coup d'œil vers sa compagne.

Elle paraissait nerveuse. Parce qu'elle risquait d'être démasquée ? Ou parce qu'elle devait « monter au front » tel un soldat ?

Il se força à ralentir.

— Je jurerais que personne ne nous a suivis, mais allons prendre un chocolat chaud et assurons-nous que nous avons le champ libre. Ensuite, nous pourrons discuter.

Cinq minutes plus tard, leurs gobelets en main, ils s'engageaient dans une large allée bordée d'arbres.

— Bon, nous pouvons parler. Ou plutôt tu peux le faire. Qu'est-ce qui se passe ? Où est Stella ?

— Elle part vraiment en Espagne. Je suis navrée, Rob, et Stella aussi. Réellement. Mais elle a changé d'avis. Elle ne peut pas… ne veut pas poursuivre.

Ce fut comme si ces mots lui renvoyaient un écho, ranimant des souvenirs d'une autre femme – Emily, qui ne lui avait jamais dit de telles paroles en face, mais dont les agissements avaient été plus qu'éloquents.

— Puis-je savoir pourquoi ?

— Elle a des sentiments pour quelqu'un d'autre et pense qu'il serait déloyal envers toi de continuer.

Décidément ! L'histoire se répétait bel et bien. « Des sentiments pour quelqu'un d'autre. » Comme Emily. Sauf que cette dernière avait agi en accord avec ces sentiments et avait été surprise en flagrant délit par des photographes. Peut-être devait-il être reconnaissant à Stella de lui avoir épargné ça, mais…

— Pourquoi ne me l'a-t-elle pas annoncé elle-même ? Et pourquoi n'a-t-elle pas annulé le rendez-vous ? À quoi rime cette comédie ?

Adriana accusa le coup. Elle détourna les yeux, et il crut qu'elle ne répondrait pas. Enfin, elle se tourna vers lui, un peu pâle.

— Elle a eu l'intention de venir jusqu'à la dernière minute. Au moment où elle s'est ravisée, il est probable que tu étais déjà au restaurant. Elle ne voulait pas qu'on répande la nouvelle qu'on t'avait posé un lapin, que tu sois surpris par des photographes. Alors nous avons pensé que, si je venais, les journalistes croiraient peut-être que le rendez-vous avait toujours été prévu avec moi. Pas très plausible, mais ça pouvait passer à la limite.

Au milieu de sa colère et de son incrédulité, il sentit poindre de la curiosité.

Pourquoi n'était-ce « pas très plausible » ?

— Donc, maintenant, on n'a plus qu'à s'éclipser… Dire que le rendez-vous n'a pas marché.

Curieusement, pourtant, ça avait fonctionné, pensa-t-il au souvenir du frisson éprouvé quand leurs mains s'étaient rencontrées, de l'aisance de leur conversation une fois la gêne initiale surmontée. Du rire d'Adriana.

— Je te prie de croire que Stella s'est prêtée de bonne foi à votre association. Elle était… dans l'aveuglement.

— L'aveuglement de l'amour. J'espère que ça marchera pour elle.

— Tu n'as pas l'air convaincu que ce sera le cas.

— Je ne crois guère à l'amour. C'est pour ça que j'étais partant pour ce mariage de convenance. Je croyais que Stella était de mon avis, sur le fait que l'amour, le désir sont des sentiments transitoires. Je lui offrais la sécurité, un avenir assuré.

Il perçut l'amertume de sa propre voix.

— Tu avais des sentiments pour elle ? demanda Adriana.

Il marqua un temps d'arrêt.

— Je l'aimais bien, mais ce qu'il y a de beau dans une union de convenance, c'est qu'il s'agit avant tout d'un engagement. Alors, je suis contrarié comme je le serais si une transaction venait d'échouer. C'est un…

— Un désagrément ? Et tu vas chercher sans délai une nouvelle partenaire ?

— Oui.

Conscient d'être dévisagé bizarrement, il reprit :

— Je sais que ça paraît…

— Insultant ?

Il y avait maintenant un éclat belliqueux dans les yeux gris d'Adriana, elle pinçait les lèvres d'un air offensé, et son regard viril s'attarda sur sa bouche.

— Ce n'était pas un mariage d'amour, soit. Mais Stella est une personne, pas un *désagrément*.

— Évidemment. Mais nous projetions un mariage de convenance. Alors, son retrait est un désagrément.

— Comme lorsqu'un fournisseur échoue à assurer une commande ? Dans ce cas, tu n'auras aucun mal à trouver une ribambelle de remplaçantes pour Stella. Tu n'auras qu'à te fournir à la chaîne de production, en fait. Tu es riche, jeune, beau et héritier d'un comté. J'imagine que toutes les femmes te tombent dans les bras.

Soudain, il revécut l'instant où Adriana lui était littéralement tombée dans les bras.

Il cilla, se concentra sur ce qu'elle venait de dire, piqué par son intonation quelque peu moqueuse.

— Ce n'est pas si simple. Si tu tiens à filer la métaphore, Stella était un article difficile à trouver. Une perle rare.

À combien de femmes aurait-il pu se fier pour qu'elles ne le mènent pas en bateau comme Emily, fascinées par le glamour et la richesse ? Combien de femmes seraient réellement heureuses de se passer d'amour, comprendraient que le fait d'être comtesse de Darrow impliquait des devoirs, un dévouement au domaine, un engagement à préserver le mariage parce que l'autre option – un divorce et un héritier qui ne grandirait pas sur le domaine – était inacceptable ?

— Oui, elle l'était, dit Adriana, d'une voix à présent compréhensive. Et il sera difficile de la remplacer, en effet. Je te souhaite bonne chance dans ta quête. Je te laisse libre de concocter la version pour les journalistes, au cas où ils montreraient le moindre intérêt pour le fait que nous n'allons pas plus loin… Tu pourrais dire que je n'entre pas dans ton cahier des charges, ou mettre ça sur le compte de l'ail, ajouta-t-elle avec un demi-rire.

— Ou bien…

Ils pourraient avoir un autre rendez-vous !

L'idée avait surgi de nulle part. C'était ridicule. Adriana n'était pas en quête d'un mariage de convenance. Un deuxième rendez-vous était donc superflu, si séduisante que soit l'idée de tester la théorie de l'ail…

Allons donc, cette dernière pensée était grotesque.

— Je trouverai bien quelque chose, dit-il. D'ici là, merci de m'avoir épargné l'embarras d'être dédaigné en public.

— Pas de problème.

Elle hésita, fit un pas vers lui et, se hissant sur la pointe des pieds, lui effleura la joue de ses lèvres, dans une senteur de jasmin, de chocolat chaud et…

Oh ! comme il avait envie de prolonger le contact !

— Au revoir, Rob.

— Au revoir, Adriana.

Alors qu'elle s'éloignait, il porta la main à sa joue, la laissa retomber, et pivota pour s'éloigner à son tour.

Adriana descendit du taxi, remercia le chauffeur et considéra les bâtiments imposants de Salvington Manor.

Le manoir était un concentré de splendeur et d'histoire et, comme toujours, elle se sentait intimement reliée à cette demeure qui abritait sa famille depuis tant de générations.

Elle n'avait pas osé contacter Stella de peur d'interférer dans une entrevue avec leur père. Un appel ou un message de sa part n'aurait fait qu'exacerber la colère de Lord Salvington. Elle voulait par-dessus tout éviter ce dernier.

Elle inspira profondément en insérant sa clé dans la serrure de la grande porte et entra en catimini. Ses chaussures à la main, elle s'apprêtait à traverser sans bruit le vestibule parqueté, quand elle s'immobilisa, en alerte. N'entendait-elle pas pleurer sa mère ? Une forte possibilité, si son époux lui avait infligé une de ses diatribes dévastatrices.

Une fois de plus, elle se demanda comment les choses en étaient arrivées là, se rappelant les photos de mariage de ses parents, escortées d'une succession de clichés du bonheur : la lune de miel, la première grossesse de sa mère, la naissance de Stella… Le flot s'était interrompu avec son arrivée à elle. C'était elle l'épisode charnière, la raison pour laquelle son père était devenu cet homme acerbe et sa mère cette malheureuse aux nerfs fragiles, Stella demeurant la fille aimée, mais plombée par un devoir trop lourd.

Soudain, elle repéra la silhouette recroquevillée au bas du grand escalier. Son père ! Il gisait face contre terre.

Elle courut s'agenouiller près de lui puis, les doigts tremblants, elle sortit son portable pour appeler les urgences.

Stella arpentait le tapis du grand salon de Salvington Manor en se tordant les mains.

— Oh ! mon Dieu, Adriana, tout ça, c'est ma faute ! Hier, quand je lui ai appris que j'étais enceinte, il a perdu la boule. Il a piétiné mon téléphone, hurlé, crié des choses affreuses et m'a ordonné de sortir. Ensuite, il a crié contre maman…

Adriana eut un geste apaisant.

— On va lui poser un stent. On peut espérer qu'il se remettra.

— Mais s'il ne se remet pas ? Salvington sera perdu, et ce sera bel et bien ma faute.

— Ah non ! Blâme plutôt la loi rétrograde qui veut qu'une fille n'ait pas le droit d'hériter. Stella, y a-t-il moyen que tu épouses le père de ton bébé pour qu'il soit légitime ? Même si tu divorces une fois qu'il sera né ?

Sa sœur secoua la tête, les yeux dilatés, le visage livide.

— Je suis navrée, Ria, mais ce n'est pas possible. Je ne peux pas t'expliquer, mais ce n'est pas possible. Il est…

— Déjà marié ?

— Non, fiancé à quelqu'un d'autre. Et il est très en vue. Je me suis fourvoyée, je n'aurais jamais cru ressentir des sentiments aussi violents pour un homme.

— Pas même pour Rob ? Oh ! pardon, Stella, je n'aurais pas dû. Ce ne sont pas mes affaires.

— Non, pas même pour Rob. Je reconnais qu'il est bel homme, mais il ne m'inspirait rien. Alors qu'avec… le père du bébé, c'était passionnel. L'embrasement au moindre contact. Mais tout ça n'a plus d'importance, maintenant.

De nouveau, Stella se tordit les mains.

— Le fond de l'affaire, c'est qu'il nous faut un bébé, un garçon légitime, et au plus vite, dit Adriana. Selon les médecins, il n'y a aucune raison que père ne se remette pas. Mais ils ne peuvent pas le garantir, et il est clair qu'il est capable de se négliger. Donc, je dois agir.

— C'est-à-dire ?

— J'ai une idée. Je ne suis pas sûre que ça marchera, mais c'est un coup à tenter. Je sors. Appelle-moi s'il y a du nouveau du côté de l'hôpital.

— Mais…

— Je t'expliquerai à mon retour, promis.

En prenant le volant de la voiture familiale, Adriana n'était pas loin de croire qu'elle avait perdu la tête. Mais elle était dévorée par sa détermination à sauver Salvington. Dans son esprit surgissaient des visions de la demeure rasée par des bulldozers, du sol retourné à la pelleteuse sans souci des générations qui l'avaient cultivé et aimé. Sans parler de la disparition de la vie sauvage locale. Non, elle ne pouvait pas permettre ça !

Ces pensées s'agitaient dans son esprit alors que la voiture franchissait les kilomètres qui séparaient leur domaine de celui des Darrow.

Elle remonta la large allée gravillonnée sans presque ralentir puis, s'étant garée, elle gagna le portail et actionna le butoir en forme de lion, enregistrant confusément le détail de la crinière et l'expression farouche de l'animal sculpté.

Il semblait presque la mettre en garde.

Elle cilla en voyant paraître sur le seuil la silhouette majestueuse d'un majordome – elle ignorait que la famille de Rob maintenait encore toute une domesticité à l'ancienne.

— Bonjour. J'aimerais voir Rob… euh, le vicomte de Rochester. C'est urgent. Je suis Adriana Morrison. J'ai sûrement mon permis de conduire ou…

— Cela ne sera pas nécessaire, mademoiselle, je vous reconnais. Suivez-moi, je vous prie. M. le vicomte est dans son cabinet de travail. Si vous voulez bien patienter au salon, je vais le prévenir.

Livrée à elle-même dans le vaste salon, elle regarda autour d'elle, tentant de se concentrer sur le décor pour oublier ses doutes. Mais les rideaux en velours rouge sombre, les lourds meubles antiques, les sièges tapissés de brocart, l'imposant vaisselier l'intimidaient. Elle aurait juré que les portraits accrochés aux murs lambrissés de chêne la considéraient avec désapprobation. Elle savait que son propre père aussi la désapprouverait. L'idée qu'elle puisse être la sauveuse de Salvington lui ferait horreur. Mais, au vu des circonstances, il ne pouvait plus se payer ce luxe de la repousser.

Puis la porte s'ouvrit, et Rob entra.

En embrassant du regard son torse solide, ses larges épaules, ses traits pleins de caractère, elle fut saisie par l'énormité de ce qu'elle s'apprêtait à faire. Si seulement il n'avait pas eu un tel effet sur elle ! En cet instant, elle ne pouvait pas se laisser distraire par l'attirance qu'elle ressentait. Il s'agissait d'une proposition d'affaires, d'un mariage de convenance. C'était ce que Rob cherchait, et ce qu'elle était venue lui offrir.

Mains tendues, il s'approcha, et elle eut un mouvement recul. Elle ne pouvait pas le toucher, si grande envie qu'elle en ait !

— Adriana, je suis vraiment navré pour ton père. J'avais l'intention de passer, mais j'ai eu peur de déranger. Je craignais que son infarctus n'ait été provoqué par la situation avec Stella, et je n'étais pas certain que ma visite soit bienvenue. Comment va-t-il ?

— Son état est stable. Il devrait se remettre. Quant à ce qui a provoqué la crise cardiaque, il ne sert à rien de faire des conjectures. Ce n'est pas pour ça que je suis venue, de toute façon.

— Je m'en doute, dit Rob. Qu'est-ce qui me vaut ta visite ? Si je peux apporter mon aide d'une façon ou d'une autre, je le ferai… Mais je n'épouserai pas Stella, si c'est ce que tu allais suggérer, ajouta-t-il après un temps d'hésitation. Même si je suis désolé de ce qui s'est produit, ce ne serait pas bien.

— Je sais. Et je ne suis pas non plus venue pour ça. Je…

Adriana, désertée par le petit discours qu'elle avait préparé, marqua un temps d'arrêt. Puis, complètement désemparée, elle balbutia :

— Je te propose un remplacement. Je voudrais que… que tu te maries avec moi.

4.

Rob mit un moment à se pénétrer des paroles d'Adriana.

— Un mariage de remplacement. Avec *toi,* répéta-t-il, dans le seul but d'être sûr d'avoir compris.

— Oui. Je sais que je ne corresponds pas à ce que tu voulais. Je ne suis pas Stella. Je comprends qu'elle sortait du lot, et je ne remplirai pas tous les critères. Mais je crois tout de même que je pourrai répondre à tes attentes.

Une note de désespoir avait percé dans son intonation et, à la raideur de ses épaules, à la crispation de sa mâchoire délicate, il voyait qu'elle était tendue.

— Houla ! fit-il. Tu es dans un état émotionnel particulier, ce n'est pas le bon moment pour une décision d'une telle ampleur.

Elle prit une inspiration, s'efforçant de faire face.

— J'en suis consciente, et en d'autres circonstances je serais de ton avis. Mais le temps presse. Alors, acceptes-tu d'en discuter ?

C'était le moment ou jamais de clore la discussion. Mais, d'une certaine façon, l'idée faisait déjà son chemin dans son esprit. Elle titillait sa curiosité. Et il ne pouvait pas renvoyer Adriana. Elle semblait épuisée. Elle était pâle, et alors qu'elle balayait sa frange d'un gracieux revers de main il perçut la tension de son regard. Il fut tenté de la serrer dans ses bras puis se rappela qu'ils se connaissaient à peine. Il avait d'ailleurs capté sa réticence à accepter ses mains tendues.

— Nous pouvons toujours parler, dit-il, mais tu dois d'abord t'asseoir. Et je vais nous chercher un en-cas.

— Non, vraiment…

— J'y tiens. Tu feras aussi bien de manger pendant que nous discuterons.

— Bon, j'accepte, merci.

Dix minutes plus tard, il la regarda mordre dans un sandwich.

— Je n'avais même pas conscience d'avoir faim. Merci. Je n'ai rien avalé depuis notre repas d'hier.

Après deux sandwichs et un *scotch egg,* elle délaissa son assiette, puis :

— Bon, je me rends compte que mon idée est intempestive.

— Certes. Hier, tu trouvais déplacé que je veuille remplacer Stella aussi vite. Tu as parlé d'approvisionnement à la chaîne.

— C'est vrai. Et voilà que je me présente moi-même sur le tapis roulant dont je me moquais, c'est un peu fort de café. Mais les circonstances ont changé. Bien sûr, j'espère que mon père se remettra et vivra de longues années. Seulement, rien ne le garantit. Hier il était important d'avoir un héritier, aujourd'hui c'est impératif.

— Stella épousera peut-être le nouvel amour de sa vie.

— Ce n'est pas si simple. Elle a des sentiments pour quelqu'un. De là à l'épouser, il y a loin. Et même si ça se faisait tout de suite le bébé sera peut-être une fille. Il est sensé que je me marie aussi pour doubler les chances.

— Là, comme ça ? Tu es prête à bouleverser ta vie pour...

— Pour un caprice ? fit-elle, le regard étincelant. Faut-il que tu croies, toi entre tous, qu'il s'agit d'un caprice ? Ne comprends-tu pas ce que ça signifierait de perdre Salvington ? De voir ma maison détruite, notre terre profanée ? dit-elle avec une émotion profonde. Ne serais-tu pas prêt à tout pour sauver Darrow d'un tel sort ?

Si, bien sûr, il l'était – le sens du devoir lui avait été inculqué dès la naissance. Darrow était une part intégrante de lui-même, il ferait n'importe quoi pour le préserver.

— Oui, j'y serais prêt. Quoi qu'il en soit, notre mariage ne sauverait pas forcément Salvington. Nous pourrions avoir une fille, ou ne pas avoir d'héritier à temps. De plus, si Stella se marie et a un garçon, tu te seras sacrifiée pour rien.

— Je m'en rends compte, mais je ne peux pas rester les bras croisés ! Il y a une chance pour que j'aie un garçon, et alors Salvington serait sauvé…

Adriana se pencha en avant, poings serrés.

— J'aime Salvington. Je veux que mes enfants aient une chance d'explorer le domaine où j'ai vagabondé enfant. Je veux que nos terres restent dans la famille Morrison, les voir croître et prospérer. Je ferai tout pour que ça se concrétise.

— Y compris un mariage de convenance sans amour ?

— L'amour, c'est très surfait.

Il était sur la même longueur d'onde, mais il rétorqua pourtant :

— Facile à dire. Stella le disait aussi, et elle a changé d'avis.

Il avait pris ses propos pour argent comptant, cru qu'elle avait les mêmes convictions que lui. Avec le recul, il voyait que cela avait été stupide, qu'il aurait dû sonder le terrain, poser des questions.

— Avec moi, ça ne se produira pas.

— Tu ne peux pas le savoir déjà. Après tout, la plupart des gens veulent tomber amoureux, aimer et être aimés, avoir droit à une idylle de conte de fées.

— Pas moi.

— Pourquoi ?

— Je ne vois pas en quoi mes raisons ont de l'importance. C'est personnel.

— Le mariage aussi, c'est personnel, contra-t-il.

Cela lui valut un sourire réticent d'Adriana, et alors que son regard captait l'incurvation de ses lèvres il ressentit à nouveau un insidieux accès de désir.

— C'est juste. Je comprends que tu aies besoin d'une explication. Tu sais sûrement par les médias que le mariage de mes parents a été tumultueux. Pourtant, ils s'aimaient autrefois. J'ai été témoin de leur vie de couple en montagnes russes, et j'aime autant éviter ça. L'amour ne dure pas.

— Tes parents sont un exemple parmi d'autres d'un amour

qui a mal tourné. Mais les mariages où l'amour perdure ne manquent pas.

— Bien sûr, je sais que les relations amoureuses ne sont pas toutes vouées à l'échec. Mais pour ce qui me concerne le jeu n'en vaut pas la chandelle. J'en ai couru le risque une fois, et ça n'a pas marché. Je l'aimais, je croyais qu'il m'aimait aussi, mais il s'est avéré qu'il n'avait pas d'amour pour moi. Je ne m'exposerai pas à ça une deuxième fois. L'amour m'avait rendue aveugle. J'en suis sortie blessée, dégoûtée. Je préfère vivre en paix, rester moi-même.

Rob cilla. Il n'aurait pu dire mieux !

— Je te comprends. Tu es sûrement au courant de ma propre catastrophe sentimentale. Il aurait fallu vivre sur Mars pour l'ignorer.

— Je sais que tu as vécu une rupture très médiatisée, mais j'en ignore les détails. J'évite les torchons à scandale.

— Ce n'était pas joli-joli, et je n'ai nul désir de rééditer ça… Alors, poursuivit-il après une hésitation, je n'offre ni n'attends de l'amour, mais je veux un engagement à vie. Notre enfant serait l'héritier du domaine des Darrow, il faudrait qu'il y vive, qu'il y soit élevé.

C'était un impératif, même si une part de lui s'excusait par avance envers cet enfant putatif dont le sort était déjà scellé.

— Je comprends.

Adriana avait parlé trop vite, et il secoua la tête.

— Je ne suis pas certain que tu le comprennes vraiment. Tu penses à l'instant présent, à ce qui t'est actuellement nécessaire. Or, il s'agit d'un mariage de convenance, ce qui implique de réfléchir à ton avenir. Tu ne pourras pas donner naissance à un fils, puis découvrir que notre mariage est devenu inopportun et emmener l'enfant à Salvington. Tu ne pourras pas non plus mettre au monde une fille puis la dépouiller de ses droits légitimes.

Darrow était l'une des rares pairies femelles d'Angleterre. Le titre était transmissible aux femmes, donc l'enfant premier-né hériterait quel que soit son sexe.

— Je ne ferais rien de tel ! protesta Adriana. Cependant, si notre fils héritait de Salvington, il faudrait trouver une solution. Je voudrais qu'il connaisse le domaine en grandissant, donc nous pourrions y habiter une part du temps. Mais je ne le séparerais jamais de Darrow.

— Non. Car je te demanderais ce que Stella avait accepté : la signature d'un accord prénuptial stipulant que, si tu demandes le divorce, j'obtiens la garde exclusive.

— Stella a accepté ça ?! Non, ne dis rien. Évidemment, elle l'a fait.

— Elle était certaine qu'il ne serait jamais question de divorce, donc cela semblait sensé. De même, nous étions convenus de faire un bilan de santé avant le mariage.

Cela aussi semblait sensé.

— Eh bien, je ne suis pas Stella. Je ne te signerais pas une sorte de blanc-seing qui t'autoriserait à te comporter aussi mal que tu le voudrais tout en sachant qu'il me serait impossible de te quitter sans perdre mon enfant.

— Voilà une supposition plutôt insultante. Je ne suis pas du genre à mal me comporter.

— Il est tout aussi insultant de penser que je m'enfuirais avec notre bébé, répliqua Adriana.

Ils se foudroyèrent du regard, et il s'avisa qu'il n'y avait eu ni duels oratoires ni disputes quand il avait passé accord avec Stella. Il y avait eu des négociations paisibles, calmes.

Il prit une profonde inspiration.

— Bien. Prenons un peu de recul. Je ne cherchais pas à t'insulter, je voulais souligner que tu n'as pas réfléchi à tout cela. Moi, si.

— Au contraire. Je pointe un élément de ton projet qui pourrait s'avérer très nocif pour moi et pour nos enfants.

Il tenta de dompter sa colère.

Celle-ci était en partie due au fait qu'Adriana avait raison. Cela ne l'empêchait pourtant pas d'être scandalisé qu'elle ose envisager un comportement abusif de sa part, et le supposer capable d'actes préjudiciables à ses enfants. Pourtant, l'argument tenait la route.

— Très bien, j'accepte ce point, concéda-t-il. Nous pourrions rédiger l'accord prénuptial de façon à nous protéger tous les deux. Donc, dans le cas où j'aurais un comportement répréhensible, je n'aurais pas la garde exclusive.

— Cela me conviendrait.

Houla ! Comment en étaient-ils venus là aussi vite ? Et pourquoi y avait-il laissé entrer l'émotion ? L'émotion perturbait la négociation d'un accord approprié bénéficiant aux deux parties, gage d'un mariage calme, bien huilé, qui le laisserait libre de faire son devoir pour le domaine et de jouer son rôle dans Easel. Plus vite il réglait l'affaire du mariage, mieux ce serait, mais il fallait que ce soit avec la bonne personne. Celle qui correspondrait à tous les critères. Et il n'était certes pas sûr que ce soit Adriana Morrison.

— Minute, fit-il, c'était un scénario hypothétique. Tu as du chagrin, tu as peur et tu es inquiète. Tu ne peux pas engager comme ça le reste de ton existence sur la possibilité aléatoire de sauver Salvington.

De plus, Adriana avait parlé de voyages, d'aventure. Il n'épouserait pas une femme qui aurait des regrets, il ne la laisserait pas renoncer à ses rêves.

— Si, je peux, soutint-elle. C'est mon choix, ma décision. Tu es disposé à te marier par devoir. Tu étais disposé à épouser Stella quand elle le faisait par devoir. Alors, quel est le problème ?

Il allait s'expliquer, mais avant qu'il ait pu émettre un son Adriana se décomposa soudain. Elle secoua la tête, se mit debout, et il vit frémir la bouche qu'il s'était efforcé de ne pas contempler.

— Pardon. Tu n'as pas à répondre à ça. Tu as raison, c'était une idée idiote. Pardonne-moi de t'avoir dérangé. Et merci pour les sandwichs.

Hein ? Il resta figé dans son fauteuil, en pleine confusion, essayant de comprendre ce qui avait provoqué ce revirement.

Que se passait-il ? Adriana partait, et il semblait sensé de la laisser partir. Après tout, l'idée était sotte… Pourtant, il n'acceptait pas que ça tourne de cette manière. Il aurait juré qu'il y avait quelque chose de blessé dans l'expression de ses yeux gris. Elle était si bouleversée, alors qu'elle était déjà inquiète pour son père et pour l'avenir.

— Adriana, attends !

Adriana était mortifiée. Décidément, elle était stupide ! Rob avait prévu d'épouser Stella. Cela n'aurait guère été un sacrifice. S'il recherchait un mariage de convenance, il y avait tout de même un monde entre un mariage arrangé avec Stella et un mariage arrangé avec elle, Adriana. Rob était trop bien pour elle, elle avait été ridicule de venir le trouver. Il lui avait dit que Stella était la perle rare, et elle était venue s'offrir en remplacement, comme une fleur. Qu'est-ce qui lui était donc passé par la tête ?

Visiblement, rien de bien malin, ou alors – et c'était plus mortifiant que tout – elle s'était laissé entraîner par les vestiges de sa stupide toquade pour Rob, par l'attirance qu'elle n'arrivait pas à dompter. Même en ce moment.

Tandis qu'elle se retournait à contrecœur vers Rob, qui s'était levé pour la rejoindre, elle remarqua une fois de plus sa beauté, son allure, sa force. Mais elle ne le laisserait pas transparaître. Elle devait se retirer dignement.

Se forçant à sourire un peu, elle dit d'un ton léger :

— Il n'y a plus rien à discuter. Je te serais reconnaissante d'oublier cette conversation.

— Je ne crois pas que ce soit possible, dit-il en l'examinant. Et je tiens à te répondre. À te dire pourquoi, alors que j'aurais épousé Stella, ta proposition me pose problème.

— Il est inutile que tu t'expliques, je comprends. Stella est belle, spirituelle, elle a l'étoffe d'une comtesse. Ce qui n'est pas mon cas.

— Quoi ? fit Rob, l'air dérouté. Ce n'est pas du tout ce que j'allais dire. Enfin, oui, Stella est telle que tu la décris, mais ce n'est pas la question. J'allais l'épouser parce que je croyais qu'elle voulait un mariage de convenance, qu'elle avait été éduquée à se marier par devoir, pour donner un héritier. Tu n'as pas été élevée dans ce but, et ce n'est pas ce que tu veux. Tu désires voyager, diriger un ranch en Australie. C'est ton rêve. Je ne peux pas te laisser y renoncer pour une union arrangée qui ne portera peut-être même pas ses fruits.

Surprise, elle scruta l'expression de Rob et y lut la sincérité.

— Je comprends tes réserves. Mais, le ranch et les voyages, ce n'est pas mon rêve. Ce n'était qu'un projet qui aurait pu me convenir un certain temps. Il n'a pas été inspiré par un désir puissant.

Contrairement à la peinture, sa passion, qui lui était nécessaire, même si elle n'aurait jamais osé en faire son grand rêve.

— Renoncer à voyager n'est pas un sacrifice pour moi, cela ne m'attristera pas. Rester spectatrice et ne rien tenter pour sauver Salvington, ça oui, ça me dévasterait. Le domaine sera peut-être perdu de toute façon, mais au moins j'aurai fait tout mon possible pour le préserver.

Il y eut un long silence, puis Rob haussa les épaules.

— Dans ce cas, reste donc dîner. Creusons un peu le sujet, pour voir si c'est une véritable possibilité.

— Volontiers, dit-elle, envahie de soulagement.

— Alors, suis-moi. Je dispose d'une annexe privée, ici. Je vais lancer le dîner, et nous pourrons discuter. Considère ça comme des pourparlers.

Galvanisée par l'énormité de la situation, elle s'interrogea. Allait-elle réellement envisager d'épouser ce beau blond à la chevelure indisciplinée, dont le regard d'un bleu d'encre pétillait soudain d'amusement ?

Elle devait se concentrer, au lieu de prêter attention à son trouble intérieur. L'attirance n'avait pas sa place dans des négociations. Il n'y avait qu'à voir où ça avait mené Stella !

Elle rendit son sourire à Rob.

— Va pour les pourparlers.

5.

Adriana suivit Rob dans le hall imposant, emprunta avec lui un grand escalier en courbe, puis un long couloir menant à son appartement personnel.

Le lieu lui plut aussitôt, l'atmosphère en était cosy. Le salon était doté d'un grand canapé moelleux et de deux fauteuils disparates. Il y avait un ordinateur dans un coin, une télévision à écran plat sur un pan de mur. Toutes les autres parois étaient ornées de dessins, qu'elle alla examiner. Ils étaient servis par un beau coup de crayon expressif et porteur d'émotion.

— J'aime ces dessins, dit-elle.

— Moi aussi. Je les ai dénichés dans le grenier. Ils ne sont pas signés, j'ignore qui en est l'auteur. Mes parents ne les trouvent pas assez imposants, ils préfèrent les portraits de famille, la peinture à l'huile, mais ils me plaisent, à moi.

— C'est peut-être l'œuvre d'un de tes ancêtres, dit-elle, séduite par cette idée.

Elle se demandait parfois si un jour un de ses descendants découvrirait ses dessins dans un grenier et s'ils lui plairaient un peu.

— Quoi qu'il en soit, je peux t'aider pour le dîner ?

— En fait, j'ai préparé une daube de gibier, l'autre jour, et je l'ai congelée en portions. Il ne faudra pas longtemps pour en réchauffer. Il y a du pain et je peux préparer une salade.

— Je suis impressionnée. Tu as cuisiné la daube !

— Eh oui. De mes mains !

Malgré elle, elle baissa les yeux sur les mains de Rob, et pendant un instant un peu fou elle fut en proie au désir. Le modelé des poignets, la longueur des doigts lui donnaient envie de les dessiner, d'en capter la beauté masculine. Envie de sentir ces mains sur sa peau à elle, aussi.

— Adriana ? Est-ce que ça va ?

— Euh, oui… Oui, bien sûr.

Elle le regarda apprêter la salade, fascinée par la dextérité élégante de ses mouvements. L'odeur du vinaigre, le bruit de la lame de couteau sur la planche à découper… Chaque détail se gravait dans son esprit, et l'intimité de la scène la bouleversait.

Bon sang, l'heure n'était pourtant pas à l'intimité chaleureuse ! Il s'agissait d'un dîner de travail, qui n'avait lieu en privé que par nécessité. Elle devait convaincre Rob qu'elle pouvait être un bon choix en tant qu'épouse. Pas autant que Stella, soit, mais tout de même acceptable. Un deuxième choix. N'était-elle pas habituée à l'être ?

Cette pensée suffit à l'arracher à sa transe sensuelle.

— Si tu m'indiques où trouver ce qu'il faut, je vais mettre le couvert, proposa-t-elle.

Dix minutes plus tard, ils étaient installés à la table en bois, près d'une fenêtre qui donnait sur un jardin potager baigné par le crépuscule.

Elle tenta de rassembler ses idées.

— Tu devrais peut-être me dire ce que tu attends d'un mariage. Et d'une épouse.

Tout en parlant, elle embrassait du regard les traits nets de Rob, pleins de force et de caractère, et il lui sembla soudain que sa question se prêtait à une double interprétation, même si elle ne l'avait pas voulu.

Il posa sur elle le bleu soutenu de ses prunelles, et elle se demanda si ses pensées erraient sur le même terrain que les siennes. Incapable de détourner les yeux, la bouche sèche, les pensées en déroute, elle capta la petite cicatrice au coin de son menton, le léger chaume blond sur ses avant-bras dénudés – il s'était retroussé les manches. L'arôme puissant du ragoût lui donnait presque le vertige. Tandis qu'il déposait une portion sur son assiette, ses doigts frémissants brûlèrent de lui effleurer le poignet…

Elle s'éclaircit la gorge.

— Désolée, je me suis laissé distraire, le plat sent si bon. Où en étions-nous, déjà ?

— À ce que nous attendons d'un mariage, dit-il d'une voix traînante.

Sa voix chaude fit naître un frisson sur sa nuque. Elle aurait juré que son regard s'était obscurci, comme s'il ressentait la même chose qu'elle.

— Si tu commençais ? Je suppose que tu veux une personne qui soit une bonne comtesse.

— En effet. Ma mère fait partie de plusieurs associations caritatives, elle organise les foires annuelles sur notre domaine et apporte son aide pour la fête du village. Il y a également des dîners et divers événements.

Toutes choses qui auraient fait les délices de Stella et que, pour sa part, elle devrait apprendre à gérer.

— Ma mère sera disposée à te guider dans tout ce qu'elle accomplit. Mais mon épouse devra être d'emblée à la hauteur, car mes parents comptent passer plusieurs mois par an dans leur villa du Portugal.

— Je comprends. D'autres attentes ?

— Éviter tout écart de conduite et tout scandale, dit-il, la voix presque rude. Nos familles ont souffert à cause des médias, je ne veux pas que ça se reproduise. Donc, ma femme devra se comporter de façon à ne pas susciter l'ombre d'un scandale.

— J'imagine que cette règle vaut aussi pour toi.

— Bien entendu.

— Pour que ce soit bien clair, qu'entends-tu par écart de conduite ? demanda-t-elle, le feu aux joues. Je conçois qu'exiger la fidélité est excessif, mais pour moi c'est important…

Elle avait été témoin du chagrin et de l'humiliation de sa mère lorsque son père s'était embarqué dans cette fatale liaison. Pour sa part, en se remémorant que Steve avait en réalité pensé à sa sœur chaque fois qu'il la touchait, elle avait la chair de poule. À ses yeux, il avait été déloyal.

Elle savait aussi, sans connaître les détails de l'histoire, que la fiancée de Rob lui avait été infidèle.

— Non, ce n'est pas excessif, dit-il vivement. Je demande qu'on me soit fidèle, et j'entends l'être en retour.

Elle éprouva un grand soulagement. Cependant, promettre d'être fidèle, ça ne coûtait rien. Si Rob avait épousé Stella, il n'aurait sans doute eu aucun mal à l'être. Pour elle-même, c'était peut-être trop attendre.

— Nous contracterons un mariage de convenance, fit-elle valoir. Il finira par y avoir la tentation d'une aventure.

— Vraiment ? Cherches-tu à me faire comprendre que je ne te suffirai pas, ou que je n'ai aucun attrait à tes yeux ?

Il avait une lueur sombre dans le regard, et son intonation avait été acerbe.

Comment diable s'était-elle piégée dans un tel échange, et que faire à présent ? Ne voulant pas admettre qu'elle le trouvait beau à tomber, elle prit l'expression de marbre qu'elle adoptait avec son père quand quelque chose le mettait hors de lui.

— Désolé, soupira Rob. Je ne voulais pas te mettre mal à l'aise. Nous n'avons jamais parlé d'attirance ni de fidélité avec Stella, et il est clair que nous l'aurions dû. C'est bien joli d'être compatibles autour d'une table, mais ça compte tout autant une fois au lit.

Pardi ! Stella était si désirable que n'importe quel homme aurait supposé qu'ils seraient compatibles.

Horrifiée, elle se sentit rougir.

— Je ne vois pas comment on peut tester ça, dit-elle âprement.

Cette fois, Rob sourit – un sourire qui la troubla à lui en donner le vertige.

— J'ai quelques idées sur la question.

Est-ce qu'il flirterait avec elle ? Oh non, sûrement pas ! Il recherchait un partenariat. Et pourtant elle n'avait qu'une envie : se pencher, l'attirer à elle par le col de sa chemise et l'embrasser. Mais elle en était incapable. Elle aurait trop peur qu'il la repousse !

Comme toujours, elle se déporta sur un terrain moins miné.

— Nous devrions attendre de voir comment ça se passe entre nous. Je veux dire, l'attirance n'est pas toujours instantanée.

Il battit en retraite, affichant un air de neutralité polie.

— Tu as raison. Le test peut attendre.

Pourtant, elle aurait juré qu'elle avait vu passer du regret dans son regard bleu, qui s'était un peu trop attardé sur sa bouche. Avait-il pensé à l'embrasser, ou son imagination enfiévrée lui faisait-elle prendre son désir pour la réalité ?

— Je vais chercher le dessert, dit-il en se levant.

Debout dans la petite cuisine, Rob avait conscience d'éprouver une déception excessive. Était-il vraiment rouillé au point de ne plus savoir lire les signes révélateurs ? Il avait cru qu'une étincelle avait jailli entre Adriana et lui, il l'aurait même juré. Maintenant, il se demandait s'il n'avait pas pris son désir pour une réalité, une fois de plus. Il avait cru qu'il plaisait à Emily, et il s'était avéré qu'elle simulait. Alors, de toute évidence, lire les signaux n'était pas son fort…

— Rob ?

Il se retourna et se trouva face à face avec Adriana, qui apportait leurs assiettes.

— Je me suis dit que je pourrais donner un coup de main.

— Merci…

Mais il restait cloué sur place, fasciné par le gris si changeant de ses yeux expressifs, contrastant avec sa chevelure châtaine. Des cheveux brillants qui appelaient la caresse, qu'il avait envie de lisser. Il contempla son visage et en sentit tout le caractère, avec ses angles et ses méplats, la haute arête du nez, le modelé de la bouche.

— Je vais prendre les assiettes.

Conscient d'avoir parlé de façon abrupte, il s'éclaircit la gorge puis fit un pas. Il vit l'étincelle dans son regard gris, la légère dilatation de ses pupilles, et de nouveau il fut sûr qu'elle éprouvait la même attirance que lui.

Elle lui remit les assiettes, et par inadvertance il lui effleura la main. Avec un soupir étranglé nettement audible, elle eut un mouvement de recul, et une assiette se fracassa sur le sol.

— Oh ! mon Dieu ! Je suis vraiment désolée. Quelle maladroite je fais ! Je vais la remplacer. Elle fait partie d'un service ? J'espère que ce n'est pas un héritage ou…

— Hé, du calme. Ce n'est pas un bien de famille, et je suis coupable autant que toi. Oublie donc ça, cela n'a pas d'importance.

— Pour moi, si. Je déteste ma maladresse. Je vais nettoyer. Où sont ta pelle et ton balai ?

— Adriana, tu *n'as pas* été maladroite. Laisse-moi faire.

Mais cette explication était peut-être plus acceptable pour elle que la vérité – à savoir que c'était leur attirance électrique qui avait provoqué leur mouvement de recul et le bris de l'assiette.

Il alla ouvrir un placard, sortit une pelle et une brosse puis s'accroupit pour ramasser les morceaux.

Elle se pencha près de lui, et il se força à continuer sa tâche, à juguler la tension que lui procurait sa proximité.

— Il n'y a pas de problème, je t'assure. Encore une fois, je m'excuse d'avoir mis l'attirance sur le tapis. Cela a fait… dérailler un peu les négociations.

— Et je ne le veux pas. Je comprends tout à fait qu'il te faille un certain temps pour t'habituer à l'idée que je puisse remplacer Stella. Ne va pas croire que j'attende de ta part une attirance immédiate, ni même tardive.

Les choses se révélant soudain à lui avec une clarté aveuglante, il se hâta de ranger la brosse et la pelle, tendit une main à Adriana pour l'aider à se relever.

— Je suis un imbécile, fit-il. Stella et moi n'avons jamais… Nous ne nous sommes même pas tenu la main une seule fois. Et, là, l'explication paraît évidente : il n'y avait pas d'étincelle.

— J'ai peine à le croire. Stella n'est pas un repoussoir !

— Stella est une belle femme, je me rends compte qu'elle

est séduisante, et c'est peut-être pour ça que je ne me suis pas interrogé sur cet aspect des choses. J'ai supposé sans doute…

— Que la nuit venue tout se passerait bien ? demanda-t-elle, un mince sourire éclairant son visage.

— Oui. Après Emily, je faisais une telle fixation sur un accord sans turbulences émotionnelles que l'attirance ne me paraissait pas nécessaire. Je me fondais uniquement sur la raison et le long terme.

— Et maintenant ? demanda Adriana dans un murmure.

— Maintenant…

Il la regarda, la gorge serrée, aux prises avec un accès de désir, et une sonnette d'alarme retentit au fond de son esprit : ne pas se laisser gouverner par le désir, par le magnétisme de l'attraction mutuelle !

— Je pense que j'ai eu tort de ne pas la prendre en compte. Si nous en avions discuté, nous n'aurions peut-être pas choisi de nous marier. Car l'attirance est importante.

— Mais ce n'est pas l'alpha et l'oméga du mariage.

— D'accord avec toi. L'attirance est juste un des facteurs.

— Et comment évalue-t-on ce facteur ?

Elle avait parlé d'une voix légèrement essoufflée. Il voyait battre une veine à la base de son cou et ça le démangeait d'y poser le doigt pour sentir les pulsations de son cœur, voir si elles correspondaient aux siennes.

Il aurait dû battre en retraite, mais ça lui était impossible.

— Comme ça, dit-il.

Il fit un pas en avant, et voici qu'il l'embrassait. Plus rien ne comptait que la sensation divine de ses lèvres sur les siennes, sa senteur, le goût qu'elle avait. Alors qu'il entremêlait les doigts aux mèches de sa chevelure soyeuse, qu'il donnait un tour plus appuyé au baiser et percevait son léger hoquet de plaisir, il s'abîma dans la caresse.

Jusqu'au moment où le minuteur du four tinta, les rappelant au réel.

Ils se dévisagèrent, aussi secoués l'un que l'autre.

— Je… euh…, fit Adriana. Je suppose que le dessert est prêt ?

Il acquiesça, se força à parler.

— Oui. Ce n'est qu'un pudding au chocolat acheté en boutique. J'espère que ça te va.

— Tout à fait. C'est parfait.

Visiblement, elle s'était forcée aussi à prononcer ces mots, vides de sens, dans l'émoi du désir.

En pilotage automatique, il sortit assiettes à dessert et couverts, remarqua qu'elle n'esquissait pas un geste pour l'aider. Maintenir les distances semblait la meilleure attitude tandis qu'il s'efforçait de comprendre ce qui venait de se passer. Il ne s'était pas attendu à un *baiser* qui fasse explose l'échelle de Richter !

Alors qu'ils s'attablaient à nouveau, il s'éclaircit la gorge.

— Je suggère que l'on…

— Que l'on tourne la page sur le baiser. Qu'on coche la case « facteur attirance » sans la laisser affecter nos décisions.

— Exactement.

Pourtant, ce ne serait pas si facile que ça de clore ce chapitre explosif. Il se sentait encore vibrer de désir.

— Bon, et maintenant ? demanda-t-elle.

— Tu as voulu savoir ce que j'attends d'un mariage. À ton tour de me dire ce qui t'importe.

Sa requête capta l'attention d'Adriana, et il sut qu'elle refoulait l'émotion du baiser, le choc reçu.

— J'ai besoin de savoir que nous serons de bons parents. Si nous passons un accord, ce sera en partie parce que nous désirons un héritier. Mais, pour notre enfant, ce ne sera pas suffisant. J'attends que nos enfants aient droit à ton amour.

— Ils l'auront, dit-il avec douceur, conscient que c'était capital. Quel que soit leur sexe. Darrow peut revenir à une fille aussi bien qu'à un garçon. Or, il faut un garçon pour sauver Salvington. Alors, pardonne-moi cette question, mais que ressentiras-tu si notre premier-né est une fille ?

— Je l'aimerai, sois-en sûr, dit-elle en serrant les poings. Ma fille ne sera jamais une déception pour moi ; je déteste que

Salvington ne doive revenir qu'à un garçon, j'ai l'intention de lutter contre cette loi. Comme mon père.

Percevant son émotion, sa sincérité, sa souffrance, il hocha la tête – nul n'ignorait que Lord Salvington s'était insurgé haut et fort contre cette loi.

— J'aimerais tant fonder une famille uniquement parce que je le désire, et que ça ne fasse aucune différence si le bébé est un garçon ou une fille ! continua-t-elle.

— Je sais.

Adriana secoua la tête, et il vit perler des larmes sous ses cils.

— Non. Tu ne peux pas.

Pour une petite part, si, il savait. Dès sa naissance, il avait été formé au rôle d'héritier, on lui avait insufflé par tous les pores la notion du devoir. Il n'élèverait pas son enfant comme il l'avait été, mais il ne pouvait pas modifier certaines réalités.

— Je le sais pour d'autres raisons que toi, dit-il doucement. Il me déplaît de mettre un bébé au monde avec un destin préétabli du seul fait de sa naissance. Comme toi, je voudrais fonder une famille sans règles imposées.

— Mais si nous savons nous y prendre, argua-t-elle, nos enfants ne considéreront pas ça comme un devoir imposé et intolérable. J'espère qu'ils aimeront leur terre et leur demeure.

— Moi aussi, mais j'aimerais qu'il leur soit permis de les aimer simplement plutôt que d'en assumer la responsabilité.

— Je comprends… Je ne sais pas pour toi, mais je voudrais une grande famille, dit-elle, songeuse. Beaucoup d'enfants. Je crois que ça changerait les choses. Il y aurait moins de pression sur l'héritier, et ils pourraient partager les responsabilités du domaine. Si l'aîné, garçon ou fille, ne veut pas du titre, peut-être lui serait-il possible d'y renoncer en faveur d'un puîné ? L'important, c'est que nous soyons là pour les écouter.

— Et les aimer pour eux-mêmes, qu'ils soient garçon ou fille, aîné ou cadet.

Les grands yeux gris d'Adriana avaient une expression

rêveuse, et il eut comme une vision : elle et lui assis, entourés d'enfants. Deux garçons et deux filles… Pourquoi pas ?

Elle prit une grande inspiration, repoussa sa frange.

— Alors, est-ce que tu acceptes de m'épouser ?

6.

Mariage. Le mot semblait prendre corps sous les yeux d'Adriana tandis qu'elle guettait la réponse de Rob.

Allait-il accepter de l'épouser, elle ?

— Es-tu tout à fait sûre de le vouloir ? lui demanda-t-il.

— Oui.

Elle voulait sauver son domaine, la demeure de ses ancêtres. Elle voulait que ses enfants jouent dans la forêt, qu'ils vagabondent dans les champs. Elle voulait faire partie de l'avenir de Salvington. Le manque d'amour ne lui posait aucun problème, elle y était habituée. Vivre avec quelqu'un qui lui offrait respect et sympathie, ce serait une énorme amélioration de son statut actuel, il n'y avait pas à hésiter. Elle n'avait qu'un doute : était-ce loyal d'épouser Rob ? Pouvait-elle être l'épouse qui convenait à son rang ? Stella y serait parvenue, mais elle ?

Il faudrait qu'elle en soit capable !

— Oui, répéta-t-elle. C'est ce que je veux vraiment.

— Dans ce cas, voici ce que je te propose, dit Rob tout en savourant son vin. Je m'inquiète toujours de te voir prendre une décision aussi précipitée, alors, accordons-nous quelques semaines. Le temps de nous connaître mieux.

Envahie de soulagement, elle eut un grand sourire.

— D'accord. Comment apprendrons-nous à mieux nous connaître ? En faisant quelque chose ensemble, toi et moi ?

Il y eut un bref silence, et ces paroles semblèrent flotter dans l'air, y danser en un tourbillon porteur d'une allusion qu'elle n'avait pas voulue. Presque à son insu, elle s'humecta les lèvres, qui picotaient au souvenir de leur baiser.

Voyant les lèvres de Rob s'incurver d'amusement, elle chercha quelque chose à dire, n'importe quoi.

— Je te laisse choisir l'activité.

— Tu en es sûre ? fit-il en haussant les sourcils. Voyons… quelque chose ensemble, rien que toi et moi ? Laisse-moi réfléchir. Une activité commune, jubilatoire…

Leurs regards se croisèrent, puis il baissa les yeux sur sa bouche, et elle frémit comme s'il l'avait caressée.

— Du patin à glace, qu'en dis-tu ? fit-il avec un large sourire. À moins que tu n'aies une autre idée ?

La suggestion était vraiment inattendue ! Mais elle ne put s'empêcher de sourire à son tour. Cela faisait un drôle d'effet d'être taquinée ainsi. Le sourire dura peu, cependant, alors qu'elle envisageait la proposition.

— Du patin à glace. Bon, d'accord, ça me convient.

En fait, ce n'était guère un domaine où elle exhiberait la grâce et le maintien d'une future comtesse. Elle n'en avait pas fait depuis son enfance. La présence réprobatrice de son père la faisait trébucher alors que Stella glissait et virevoltait. Mais, puisqu'elle s'offrait à épouser Rob, elle ne pouvait guère refuser. *Mariage*. Une fois encore, le mot tourbillonna dans son esprit, et elle se demanda si elle n'avait pas perdu la tête.

— Tu as perdu la boule ou quoi ? s'écria Stella, agitée, en faisant les cent pas dans la chambre de sa sœur.

— Non, dit Adriana, très calme. Je suis décidée. Si j'ai un garçon, Salvington sera sauvé.

— Et si j'ai un fils légitime par la suite ?

— Je n'y vois aucun inconvénient. Ton fils sera l'héritier.

— Mais tu te seras sacrifiée pour rien. Tout ça est ma faute.

— Non. Tu n'aurais pas pu épouser Rob et feindre que le bébé est de lui. Tu n'aurais jamais pu l'épouser alors que tu as des sentiments pour un autre.

— Si, j'aurais pu. Mes sentiments pour cet homme sont sans importance, vains et par-dessus tout insensés.

Adriana examina sa sœur.

— Si tu pouvais revenir en arrière, le ferais-tu ? Regrettes-tu de l'avoir rencontré ?

— Oui…

Stella se tordit les mains puis lâcha un rire étranglé.

— Non, bon sang ! Je ne changerais rien ! Comment pourrais-je ne pas vouloir de ce bébé ? Quant au père… je ne sais pas, Ria. Je n'aurais jamais cru pouvoir éprouver des sentiments aussi intenses.

— Alors, il faut que tu lui parles du bébé !

— Pas pour le moment. Mais il ne s'agit pas de moi. Tu ne peux pas épouser Rob.

— Tu allais bien le faire, toi.

— Ce n'est pas pareil. J'ai grandi dans l'idée que je devrais me marier et concevoir un héritier. J'ai choisi un mariage de convenance, et cela me semblait juste. Après tout ce qui s'est passé, la manière dont père t'a traitée, il n'est pas juste que tu te sacrifies.

— Ce n'est pas une affaire de sacrifice, Stella. Salvington est notre maison, ce serait insensé qu'on la perde.

— Soit. Mais pourquoi Rob ? N'y a-t-il personne qui te plaise, qui t'inspire des sentiments ?

Adriana fixa le mur et redessina du regard le papier à ramages qui l'ornait, espérant éviter que sa sœur voie son visage empourpré au souvenir du baiser de Rob et du tourbillon de sensations et d'ardeurs qu'il avait éveillé en elle !

— J'aime bien Rob. Je crois que nous pouvons nous entendre. Mais rien n'est décidé encore. Nous verrons comment ça se passe dans les prochaines semaines, dit-elle.

Sa sœur soupira.

— Tiens-moi au courant.

— Promis. Et en ce qui te concerne ?

— Mère dit que père refuse toujours de me voir, et il vaut

mieux qu'il reste au calme, donc je vais quand même partir quelque temps.

Adriana se mordilla la lèvre.

Sa sœur allait-elle retrouver son mystérieux séducteur ?

— Bonne chance, lui dit-elle. Et tiens-moi au courant aussi.

Rob frappa à la porte de Salvington Manor et recula d'un pas tandis que l'imposant portail s'ouvrait, révélant la silhouette menue d'Adriana, vêtue d'un jean et d'un long pull en maille qui lui arrivait à mi-cuisse, les cheveux réunis en queue-de-cheval.

De nouveau, il éprouva ce drôle de petit serrement de cœur, ce désir d'aller vers elle et de lui planter un baiser sur la bouche.

— Salut, dit-il.

— Salut, fit-elle en balayant sa frange. Je suis prête. Enfin je crois, continua-t-elle avec un sourire. Je me demande si je ne vais pas me couvrir de ridicule.

— Tu n'auras aucun problème.

— Pour toi, c'est facile à dire. J'imagine que tu sais patiner, répliqua-t-elle alors qu'ils se dirigeaient vers sa voiture.

— Oui, et je suis sûr que tu prendras vite le coup.

— La dernière fois que j'ai essayé, j'ai atterri à plat ventre. Je suis née maladroite, tu sais.

— Personne ne naît maladroit. Et tu ne me sembles pas maladroite.

— Je sais de quoi je parle ! Au restaurant, j'ai trébuché et je me suis affalée dans tes bras. Et hier j'ai cassé une de tes assiettes.

— Selon moi, les nerfs y sont pour quelque chose dans les deux cas. Mais tu n'as pas à te sentir nerveuse maintenant.

— La glace, des patins et moi. La combinaison n'est pas prometteuse !

— Au contraire ! D'ailleurs, tu oublies l'ingrédient magique.

— Comment ça ? Lequel ?

Il sourit jusqu'aux oreilles.

— Moi.

Il fut satisfait de voir qu'elle lui rendait son sourire.

— Ah bon, tu es magique ?

— Oui. Avec moi, tu n'as rien à craindre.

— Je crois que tu surestimes ton talent.

Dans une impulsion, il la prit par la main.

— Et moi je crois que tu sous-estimes le tien.

Il la sentit se figer un instant. Le contact l'avait secouée autant que lui. Il le comprenait, elle se sous-estimait en permanence, mais il ne savait pas pourquoi.

— Tout ira bien. Tu peux y arriver, j'en suis sûr. Nous irons doucement, d'accord ?

— D'accord, fit-elle avec un sourire un peu tremblant. Pardon, je me comporte comme une gamine.

— Tu n'as pas à t'excuser.

Cela aussi, il sentait que ça lui arrivait trop souvent.

Lorsqu'ils approchèrent de la surface gelée, il la vit serrer les mâchoires.

— Il est permis de se retenir à la rambarde, fit-il observer.

— Si je te regardais faire, pour le premier tour ?

— Pas question. Je vais te lancer. Alors, accroche-toi à la barrière d'enceinte et trouve ton équilibre sur la glace. Fais le tour en effectuant de petits pas.

— Comme ça ?

— Pour commencer, oui. Si tu le sens bien.

— Oui, ça va.

Elle lui sourit, comme soulagée, et il la regarda s'appliquer à trouver ses marques, très concentrée, tandis qu'ils effectuaient un tour de patinoire.

— Je crois que j'ai pigé. Et maintenant ?

— Écarte-toi un peu de la rambarde, plie les genoux et détends-toi… C'est ça, trouve ton confort. Je te serre de près.

En fait, c'était une folie, car leur proximité avait sur lui un curieux effet. Le léger parfum floral d'Adriana avait quelque chose d'envoûtant. Il voyait de près sa chevelure brillante, sa joue, la courbe de ses lèvres…

— Au fait, j'oubliais. J'ai un truc qui pourrait t'être utile. Ne bouge pas.

Il tira de sa poche un petit sachet et en sortit ce qu'il avait acheté, espérant qu'il ne commettait pas un impair.

— J'ai pensé que pour le patin ce serait plus facile, dit-il en lui montrant les barrettes d'un rouge foncé.

— Oh ! C'est vraiment sympa !

Ce fut avec un grand sourire sincère qu'elle allongea la main pour prendre les barrettes, mais elle trébucha.

Preste, il la rattrapa et la stabilisa avant qu'elle ne tombe.

— Je vais te les mettre, dit-il.

Désespérément conscient de sa présence et du poids léger de la main qu'elle avait posée sur son bras, il ramena délicatement sa frange en arrière, et la douceur soyeuse de ses cheveux lui enchanta les doigts. Il mit les barrettes en place. Maintenant, il pouvait voir ses yeux de près – de grands yeux clairs et ensorcelants dont le gris pouvait prendre le doux éclat de l'argent ou virer au gris orage, foudroyer ou charmer.

— Pourquoi caches-tu d'aussi beaux yeux ?

Les mots lui avaient échappé.

— Je ne les cache pas.

Mais elle se détourna comme si la protection de sa frange lui manquait.

— Tu les caches maintenant, répliqua-t-il, lui relevant le menton. Tu ne devrais pas.

— J'ai toujours cru que les gens sauraient ce que je pense s'ils voyaient mes yeux.

— C'est une mauvaise chose ?

— Cela dépend de ce que je pense, dit-elle doucement.

Et leurs regards fusionnèrent.

— Je parie que je sais ce que tu penses en ce moment.

Oh ! il mourait d'envie de l'embrasser ! Et il l'aurait fait, si un adolescent lancé à toute vitesse n'avait pas trébuché et failli les emboutir. Rob, d'un geste instinctif pour protéger Adriana, l'entraîna avec lui hors de sa trajectoire, et elle eut un petit sourire chagriné.

— Sauvée, fit-elle.

— Pour le moment. Mais nous sommes là pour que tu apprennes à patiner. Alors, essaie une glissade. Je vais patiner à reculons et te soutenir d'une main pour que tu puisses te cramponner en cas de besoin.

Elle prit une inspiration, acquiesça puis, d'une poussée, se détacha du bord.

— C'est ça ! Tu te débrouilles super bien. Essaies-en encore une autre sur ta lancée. Génial !

Au bout d'un moment, il lui prit les deux mains et patina à reculons en l'entraînant avec lui, et il vit éclore un grand sourire sur son visage. La demi-heure suivante passa comme un rêve. Il était réellement impressionné.

— Tu vois ! Tu es douée, faite pour ça ! Une patineuse-née.

— Tu oublies l'ingrédient magique : toi. Un coach-né.

— Prouve-le. Lance-toi toute seule.

Il crut d'abord qu'elle allait refuser, puis elle acquiesça.

— Bon. Mais si je tombe…

— Ce ne sera pas une affaire, dit-il doucement. Tout le monde tombe à un moment ou un autre. Cela ne signifie pas que tu es maladroite ni mauvaise patineuse. Tu te relèveras et tu repartiras. Mais si tu tombes tâche de te recevoir comme il faut. Et je serai là pour t'aider. D'accord ?

— D'accord.

Elle ne tomba pas. Il la regarda s'élancer depuis le bord de la patinoire, filer en glissant, sa queue-de-cheval dansant derrière elle alors qu'elle contournait un patineur. Il eut un élan de fierté, car il se doutait que l'entreprise avait été plus difficile pour elle qu'elle ne l'avait laissé transparaître.

Un instant plus tard, elle venait s'abattre contre la rambarde à côté de lui.

— La prochaine fois, tu m'apprendras à négocier un arrêt. Là, je vais t'offrir un chocolat. Pour te remercier.

Comme ils regagnaient la voiture, leurs gobelets de chocolat à la main, elle reprit :

— Vraiment, merci ! Tu m'as délivrée de ma peur. Tu as

été très patient. Tu ne t'es pas attendu à ce que je prenne le coup tout de suite, et quand je m'y suis mal prise tu ne t'es pas mis en colère.

En l'écoutant, il se demanda qui lui avait appris à patiner autrefois. Avant qu'il ait pu trouver la bonne manière de poser la question, elle ajouta :

— Tu m'as drôlement impressionnée. Tu patines depuis tout petit ?

— Non, j'ai appris à New York, dit-il.

Ses parents ne lui auraient jamais permis une chose aussi « dangereuse » ! Fleur et son petit ami Jonathan avaient été choqués de savoir qu'il n'était jamais allé sur la glace. Ils l'avaient emmené dans une patinoire, et il avait adoré ça – la liberté de filer sur la glace, maître de ses mouvements, de serpenter entre les patineurs…

— Parle-moi de ton séjour là-bas, demanda Adriana.

Dans un premier mouvement, il eut envie de lui parler d'Easel, dont il était heureux et fier. Mais il devait taire son engagement dans l'entreprise : il tenait à ce que sa société soit lancée en tant qu'idée originale de Fleur Hardcastle, avec mention de Rob Wilmington à titre honorifique. Motus sur le vicomte de Rochester. Une fois l'affaire sur les rails et les choses réglées au sujet de Darrow, ce serait différent. Mais d'ici là il ne fallait pas que les médias, ses parents ou quiconque soient au courant. Et cela impliquait de n'en parler à âme qui vive.

Il n'avait aucune raison de se méfier d'Adriana, et aucune non plus de lui faire confiance. Après tout, la confiance aveugle qu'il avait vouée à Emily s'était soldée par une trahison.

— J'ai adoré New York, dit-il donc. J'étais ravi d'être Rob Wilmington tout court, je me suis inscrit dans différents cours, j'ai voyagé, eu des jobs normaux, genre serveur de bar, assisté à des matchs de football américain…

— Es-tu content d'être de retour ?

La question le prit par surprise.

— Oui, fit-il. La liberté de ma vie là-bas me manque, mais

il était temps que je rentre. Mes parents vieillissent, ils veulent se retirer, et j'ai envie de me mettre à l'ouvrage ici.

Adriana le considéra de ses grands yeux gris.

— Je sais que tes parents se sont dévoués à Darrow, et à mon avis le potentiel de développement à partir de ce qu'ils ont bâti est énorme. À propos, les as-tu mis au courant à mon sujet ?

— Oui. Je leur ai dit que Stella s'était désengagée et que nous envisagions de nous marier.

— Je suis sûre qu'ils ont été déçus.

Il se remémora sa conversation avec ses géniteurs.

— As-tu essayé de la faire changer d'avis, au moins ? avait demandé son père.

— Non. À quoi bon ? Je ne peux décemment pas épouser Stella, qui en aime un autre.

Sa mère avait émis un soupir discret, aristocratique.

— Mon chéri, tu aurais sûrement pu la convaincre que ce que tu as à offrir a plus de poids que l'amour. Je parie qu'elle regrettera cette décision. Ton père a raison. Tu dois au moins essayer.

— Je ne chercherai en rien à contraindre une femme. Et je n'ai nulle envie d'une épouse réticente. Donc, je ne discuterai pas avec Stella. Nous envisageons une alliance, Adriana et moi. Mais il est encore tôt pour trancher.

— Je me souviens d'Adriana. Elle n'arrive pas à la cheville de sa sœur. Elle est trop timide, trop gauche.

— Eh bien, merci de cet avis, mère, mais qu'il me soit permis de dire que ce n'est pas à vous de choisir qui j'épouserai.

Le soupir de sa mère avait été cette fois fort peu aristocratique.

— Nous avions vu juste au sujet d'Emily, alors tu devrais nous écouter, Rob.

— Vous n'aviez pas raison au sujet d'Emily, elle vous déplaisait à cause de sa naissance et son statut social.

— Bon, était intervenu son père d'un ton tranchant, l'important, c'est qu'il sorte de tout cela un mariage, et Adriana est de bonne naissance. Si nous la rencontrions, Cecilia ? D'après le souvenir que j'en garde, Adriana est parfaitement présentable.

Sa mère avait hoché la tête.

— Soit. Si elle le désire, je ne demande pas mieux que de lui parler du rôle de comtesse et de ce qu'il exige. Pourquoi ne l'amènerais-tu pas pour le dîner vendredi ?

— Ils aimeraient te rencontrer, annonça à présent Rob, mais je leur ai dit que, à ce stade, c'était prématuré.

D'autant qu'il soupçonnait sa mère de vouloir décourager Adriana.

Celle-ci posa une main sur son bras.

— Il n'y a pas de problème, Rob. Je préfère que tu sois tout à fait franc. Je comprends pourquoi ils auraient préféré Stella. Elle aurait suivi sans mal les traces de ta mère. D'une certaine façon, elles se ressemblent ; elles savent choisir les vêtements qu'il faut, tenir les propos appropriés. Elles sont à l'aise en société. Stella a été élevée pour devenir comtesse.

Elle avait parlé sans amertume, mais il plissa le front.

— N'importe qui peut être comtesse, dit-il avec fermeté.

— Je ne suis pas certaine que tes parents partagent ton avis. Du moins, ils semblent disposés à m'accorder une chance. Je ferais peut-être bien de les rencontrer dès à présent. Qui, mieux que ta mère, peut m'informer des devoirs de comtesse de Darrow ? De plus, si je refuse l'invitation, cela n'augurera pas bien de ma relation avec eux à l'avenir.

C'étaient des paroles sensées, et il tenta de repousser son appréhension. Qu'avait-il à redouter d'un dîner familial où il serait présent ?

— Si tu es vraiment décidée…

— Je le suis.

— Alors, va pour le dîner.

7.

Adriana s'examina dans le miroir et se demanda quelle folie l'avait saisie d'accepter un dîner familial avec les parents de Rob. Elle était certaine qu'ils préféraient Stella pour belle-fille, mais ils ne pouvaient pas l'avoir. Donc, son job était de les mettre de son côté. De leur montrer qu'elle pouvait être un substitut acceptable de sa sœur. Elle connaissait le comte et la comtesse, rencontrés lors de divers événements au fil des ans. Elle savait aussi que Stella s'était bien entendue avec eux.

Elle accorda à son reflet un ultime regard.

Peut-être aurait-elle dû acquérir une nouvelle robe, mais elle avait jugé préférable de se contenter d'une tenue où elle se sentait bien. Une robe grise toute simple qu'elle avait choisie pour mieux se fondre dans le décor, mais qui appartenait à la catégorie *casual chic*.

Les cheveux, à présent.

Ses doigts s'attardèrent sur les barrettes, et un picotement lui parcourut la peau au souvenir de l'instant où Rob les lui avait mises, et où ils avaient été à deux doigts de s'embrasser encore. Résolument, elle les garda, laissant sa frange dégagée. Après s'être légèrement maquillée, elle fut fin prête.

Le coup de heurtoir à la porte d'entrée ne pouvait annoncer que Rob, et elle descendit en courant l'escalier, ouvrit et eut un coup au cœur. Ne cesserait-il jamais d'avoir cet impact sur elle ? S'ils se mariaient, se sentirait-elle encore défaillir en le voyant, lorsqu'ils auraient des cheveux gris ?

— Salut, dit-il doucement.

Elle vit dans la pénombre du soir qu'il souriait, et son cœur eut un soubresaut.

— Salut. La journée a été bonne ? demanda-t-elle pour entamer la conversation.

— Oui, dit-il alors qu'ils s'installaient dans la voiture de Rob et se mettaient en route. J'étais à Londres. Et toi ?

— J'ai passé la plupart du temps dans le bois, pour superviser un abattage d'arbres.

— Tu es vraiment une femme de terrain.

— Bien sûr. Même si je m'occupe aussi des comptes et des registres. Martin, le régisseur, est content de me former. D'ailleurs, je le suivais déjà partout lorsque j'étais petite.

L'intendant du domaine avait plus d'estime que son père pour ses capacités.

— Il approuve tes idées ?

— Oui. Mais il tient compte de la position de mon père.

— Et Stella ? Elle s'intéresse comme toi à vos terres ?

— Non, c'est mon rayon à moi. En ce moment, je me concentre sur nos bois. Bien qu'il faille couper certains arbres, nous devons veiller à reboiser. Je veux que Salvington ait des pratiques positives sur le plan environnemental. J'aimerais y instaurer l'agriculture biologique, créer une réserve naturelle et…

Elle s'interrompit net en voyant qu'ils étaient presque rendus à Darrow.

— Excuse-moi, je n'arrête pas de déblatérer. Je suis peut-être un peu nerveuse.

— Il n'y a pas lieu de l'être. Je serai près de toi pour veiller à ce que mes parents manifestent les meilleures dispositions à ton égard. Et tu ne déblatères pas, ce que tu dis m'intéresse.

Rob s'engagea dans la partie clôturée de l'allée d'accès, mais alors qu'il roulait sur le gravier il ralentit sensiblement.

— Qu'est-ce que c'est que ça ? fit-il. Adriana, je suis désolé. On nous a tendu un guet-apens. On dirait que ma mère a invité d'autres personnes ce soir. Je n'en savais rien.

Adriana embrassa du regard la rangée de voitures alignées dans l'avant-cour.

— D'autres personnes ? Mais pourquoi ?

Question stupide. C'était un test pour voir comment elle se comporterait en société.

— Inutile de répondre, fit-elle. J'ai compris.

— Je ne t'imposerai pas ça. On s'en va.

— Non, dit-elle après un court temps de réflexion. Je ne fuirai pas.

— Tu détestes les soirées, souligna Rob. Mère exagère.

— Oui mais, si nous partons, de quoi cela aura-t-il l'air pour elle et pour les hôtes qu'elle a conviés, avec lesquels je devrai entretenir des relations si nous nous marions ? Tu cherches une future comtesse capable de prendre la relève de ta mère, non ? Alors, je dois affronter ça.

— Donc, on entre ?

Elle ferma brièvement les yeux.

— On entre.

Oui, elle y arriverait. Elle s'était déjà rendue à des soirées, elle se mêlerait à ces gens et se ferait discrète. Elle surmonterait l'épreuve, car il le fallait si elle voulait épouser Rob, sauver Salvington.

Elle descendit de voiture et se dirigea vers le portail.

— Hé, attends-moi ! On y va ensemble, non ?

Elle s'arrêta et Rob la rejoignit, la prit par la main. Sa présence la réconforta, et elle réussit à sourire à l'intimidant majordome qui leur ouvrit.

Il les précéda dans le salon, et elle parcourut la pièce du regard, enregistrant, le cœur lourd, l'identité des personnes présentes. Membres éminents de la haute société, ceux de la plus ancienne génération étaient des amis de ses parents, qu'elle connaissait depuis l'enfance. Ce n'était pas un problème majeur, même si ceux qui avaient des filles auraient sûrement préféré que Rob porte son choix sur elles. Plus gênante, en revanche, était la présence des plus jeunes, qui, sentant sa vulnérabilité et son peu d'assurance, l'avaient méprisée et avaient pris plaisir à la tourmenter lorsque Stella n'était pas présente.

Elle se força à sourire alors que la comtesse les abordait,

escortée de Lady Eleanor Maxwell, une rousse étourdissante qui avait été l'une de ses pires persécutrices. Les deux femmes, l'aînée et la plus jeune, étaient sveltes, élégantes, nanties d'un maintien impérial. Auprès de leurs toilettes, sa robe grise paraissait ordinaire et sans éclat.

— Hello, Rob, mon chéri ! lança Eleanor. Et voici Adriana, je suppose ? On ne s'est pas vues depuis l'époque où tu étais une adolescente dégingandée. Je suis enchantée de te revoir.

— Le plaisir est réciproque.

Mais elle sentit qu'elle s'était exprimée avec raideur.

Rob lui serra la main pour la réconforter.

— Tu ne m'avais pas prévenu que nous aurions de la compagnie, dit-il à sa mère.

— Vraiment ? En tous les cas, si j'ai oublié, je suis certaine que cela ne dérange pas Adriana, n'est-ce pas ?

— Bien sûr que non.

— Eh bien, moi, cela me dérange, rétorqua Rob. Alors je crains que nous ne puissions pas rester longtemps.

— Mais c'est un grand dîner, mon chéri ! Tu ne voudrais tout de même pas priver Adriana de la délicieuse cuisine de Marco ?

Rob plissa les yeux, et cette fois ce fut Adriana qui lui pressa la main, essayant de lui faire comprendre qu'elle préférait éviter une scène, surtout devant Eleanor.

Tandis qu'ils s'engageaient plus avant dans la pièce à la suite de la comtesse, et alors que les têtes se tournaient vers elle, elle eut envie de se recroqueviller. Il y eut un ricanement mal comprimé venu du groupe de jeunes gens, et elle sut en les voyant qu'elle n'était pas du tout vêtue comme il fallait.

— Viens donc saluer nos hôtes, Adriana, lui dit la comtesse de sa voix suave. Rob, ton père aimerait te dire un mot avant le dîner.

En emboîtant le pas à Eleanor vers le groupe de jeunes gens, Adriana souhaita follement que Stella soit là comme toujours pour la protéger. Mais elle était livrée à elle-même. Avançant malgré tout, elle se prit le pied dans un tapis, trébucha et se rattrapa tant bien que mal.

— Oh ! Adriana, toujours aussi maladroite, lâcha Eleanor d'une voix traînante. Si tu nous disais ce qui se passe, ma chère. Nous ne croyons tout simplement pas que tu sors avec Rob…

— On a tous fait des paris sur le temps qu'Eleanor mettra à t'évincer, dit le frère de cette dernière, un brun infatué de lui-même qu'elle avait toujours détesté.

La comédie était parfaite, ils auraient aisément fait passer ces répliques pour du badinage… Mais ce n'était pas ce qu'elle ressentait. Stella aurait su réagir, pas elle. Elle s'efforça donc de sourire et se réfugia à la première occasion dans la salle de bains, où elle libéra sa frange. C'était sans doute ridicule, mais cela lui donnait l'illusion d'être cachée.

En entendant la cloche du dîner, elle rejoignit les invités dans la salle à manger d'apparat. Sur l'imposante table en acajou, le couvert était mis : argenterie étincelante, sets aux armoiries de la famille, déploiement de couverts, verres en cristal haut de gamme.

Un coup d'œil rapide sur les marque-places lui apprit qu'elle avait pour voisins de table la comtesse et l'un des vieux amis de son père, Sir Roger Montacue. Rob, lui, était à l'autre bout, près d'Eleanor.

— Comment va ton pauvre père ? demanda Sir Roger.

— Son état est stable, merci, dit-elle en souriant poliment tandis qu'on déposait devant elle une assiette de potage.

— Je suis heureux de l'entendre.

Là-dessus, Sir Roger se détourna pour entamer une conversation enflammée sur la chasse et de récentes lois.

La voix suave de la comtesse dit sur la gauche d'Adriana :

— Il serait bon que nous ayons un petit entretien. Je tiens à ce que tu saches que Rob nous est cher et compte beaucoup pour le domaine.

— Je n'en doute pas, dit Adriana, suivant le regard de son hôtesse, qui se portait vers Rob et la rousse Eleanor, laquelle se penchait très près de Rob.

Distraite, Adriana laissa échapper, en portant à sa bouche une cuillerée de potage, des gouttes qui tachèrent le devant de sa robe. Des gouttes de soupe *à la tomate*. Ou plutôt de « velouté de tomates rôties au coulis de basilic » comme l'indiquait pompeusement le menu.

La comtesse reprit la parole d'une voix mélodieuse, le regard rivé sur les petites éclaboussures rouges.

— Nous voulons pour lui ce qu'il y a de meilleur. Rob se met parfois en tête des idées chevaleresques, tend à privilégier ce qui est « politiquement correct » sans penser sur le long terme, dit-elle tout en savourant son vin. Tous les enfants n'ont-ils pas tendance à aimer ce que leurs parents leur interdisent ? Mais il est à espérer que Rob a retenu la leçon du passé. Nous sommes si heureux de le voir de retour ici, là où est sa place. Comment va ta charmante sœur ? Quel dommage qu'elle n'ait pas pu venir aujourd'hui !

Adriana reposa fébrilement sa cuiller, réprimant un soupir.

Eh bien, voilà, elle savait à quoi s'en tenir ! Ce dîner n'était qu'une entourloupe, un piège destiné à lui montrer la réalité toute nue : Rob était ici à sa place. Pas elle, contrairement à Stella *et* à Lady Eleanor. À présent, la belle rousse posait la main sur le bras de Rob, elle entendit son rire perlé, se demanda si Rob était sensible à son contact.

Après tout, quelle importance ? Lady Eleanor avait l'étoffe d'une comtesse, elle non.

À cet instant, elle vit Rob froncer les sourcils, dire à Eleanor quelque chose qui effaça son sourire et lui fit retirer la main, le rose aux joues. Rob regarda de l'autre côté de la table, vers Adriana. Et tandis qu'un valet de pied ôtait son assiette il lui murmura quelque chose à l'oreille.

L'homme acquiesça et contourna la tablée pour venir près d'Adriana.

— Monsieur le vicomte vous informe qu'il vient de recevoir un message qui exige votre départ immédiat.

Elle n'eut pas le temps de réagir que, déjà, Rob venait la rejoindre.

— Toutes mes excuses, mère, je crains de devoir priver Adriana de ce merveilleux dîner. Un ami vient de téléphoner pour m'appeler à l'aide. C'est une situation de crise, nous devons partir sans tarder.

La comtesse pinça les lèvres, se leva pour affronter la situation.

— Oh ! mon chéri, je suis vraiment navrée ! Si quelqu'un peut arranger les choses, c'est bien toi.

Elle frappa dans ses mains, et les conversations s'interrompirent.

— Mes chers amis, Rob et Adriana sont appelés ailleurs, hélas.

— Désolé, nous n'avons pas le choix, dit Rob à la cantonade. Profitez de la délicieuse cuisine de Marco, je vous en prie. Nous vous reverrons sans doute à une prochaine occasion.

Adriana réussit à dire :

— C'était un grand plaisir de vous voir. Et je vous remercie infiniment de m'avoir invitée, Cecilia…

Déjà, Rob la conduisait hors de la pièce.

Dès qu'ils furent à l'abri dans la voiture, Rob se tourna vers Adriana.

— Pardonne-moi. J'ignore à quoi rime cette affreuse réunion et ce que ma mère avait en tête. Mais je vais lui dire son fait, crois-moi !

Il était furieux de l'arrogance de sa mère, qui ne l'avait pas averti du caractère cérémonieux du dîner, l'avait séparé d'Adriana et avait tenté de façon flagrante de lui jeter Eleanor à la tête.

— Ce n'est pas la peine, dit Adriana d'une voix atone. As-tu réellement un ami en difficulté ?

— Pas du tout. Je voulais nous sortir de là en vitesse.

— Tu es venu à mon secours, en fait.

— À *notre* secours, rectifia-t-il en démarrant. Allons dans un endroit plus proche de chez toi pour dîner.

— Je n'ai pas faim.

Il jeta un rapide coup d'œil à Adriana, vit qu'elle se triturait les mains et que ses traits étaient crispés. Une fois de plus, sa frange lui cachait les yeux.

— Qu'est-ce qui ne va pas ?

— Tu n'aurais pas dû avoir à me secourir, lâcha-t-elle. J'aurais dû savoir me défendre. Je comprends pourquoi ta mère a agi ainsi.

Il ne répondit pas, il gagna une aire de repos en terrain boisé, déserte à cette heure, s'y gara, coupa le moteur et se tourna face à Adriana, dont le visage était baigné par le clair de lune.

— Dans ce cas, tu pourrais peut-être me l'expliquer.

— Elle a voulu me signifier que je n'étais pas à ma place, contrairement à Lady Eleanor. Que je n'ai pas l'étoffe d'une comtesse. Si Stella avait été là, elle aurait charmé tout le monde. Eleanor a de la présence. Moi, je manque d'allure, d'élégance, je ne sais pas m'exprimer. Enfin, bon sang, j'ai fui dans la salle de bains !

— C'était un traquenard.

— Oui, mais j'aurais dû m'en tirer mieux. Je doute d'être la comtesse que tu cherches, je doute de pouvoir tenir mes engagements. Nous devons y réfléchir. Alors, si tu veux bien me ramener chez moi, je... On en rediscutera d'ici un jour ou deux.

— Je..., commença Rob.

Il n'alla pas plus loin.

Il la voyait malheureuse, savait que le dîner lui avait fait horreur. Qui aurait pu le lui reprocher ? Son instinct lui soufflait de l'attirer entre ses bras, de l'embrasser pour chasser la tristesse de son regard. Mais cela ne serait pas honorable. Si Adriana l'épousait et devenait comtesse, elle aurait à donner de nombreux dîners comme celui de ce soir. Il était impératif qu'elle s'engage dans l'aventure les yeux grands ouverts.

— Entendu. On se reverra d'ici un jour ou deux.

Adriana ouvrit les yeux, réveillée par la sonnerie insistante du téléphone. Elle regarda la fenêtre, où l'aube commençait à poindre. Elle avait à peine dormi, tarabustée par son dilemme :

Était-il loyal d'épouser Rob pour sauver Salvington, alors qu'elle n'était pas sûre de pouvoir lui apporter en retour ce qu'il voulait ? Elle ignorait la réponse. Elle savait seulement que si elle ne revoyait jamais Rob ce serait… impensable.

Et si c'était lui qui appelait ?

Dans un élan d'espoir irrationnel, elle se jeta sur l'appareil.

Non, ce n'était pas Rob, mais la responsable de l'école d'équitation à laquelle ils louaient les écuries de Salvington.

Après l'avoir écoutée, elle sauta hors du lit.

— Pas de problème, je serai là dans un quart d'heure.

Deux garçons d'écurie, malades, manquaient à l'appel, et l'école avait besoin d'aide. Eh bien, tant mieux. La compagnie des chevaux était exactement ce qu'il lui fallait ce matin, ils valaient mieux que les maudits êtres humains !

Une heure plus tard, toute à sa tâche, elle venait de passer sur son visage une main maculée de boue, lorsqu'une voix lança non loin d'elle :

— Bonjour.

Elle se retourna en lâchant un léger cri et dévisagea Rob.

— Qu'est-ce que tu fais ici ?

— Je suis venu te voir.

— Je croyais qu'on s'était mis d'accord pour attendre un jour ou deux.

— J'ai pris ça pour une façon de parler. Tu as dit que nous devions réfléchir chacun de notre côté, eh bien, je l'ai fait. Et je suis venu partager mes idées avec toi.

— Je travaille.

— Je veux bien t'aider.

— Je ne crois pas que ce job soit ta tasse de thé.

— En quel honneur ?

— As-tu déjà nettoyé une écurie ?

— Non. Tu veux me chasser, c'est ça ?

Elle plissa les yeux.

— Pourquoi ai-je le sentiment qu'on me piège ? Ce n'est pas la question. En fait, tu ne sais pas nettoyer une écurie.

— Cela ne signifie pas que je suis incapable d'apprendre. Alors, dis-moi quoi faire, je t'aiderai.

Il ôta son veston, et elle ne put s'empêcher d'admirer la fluidité de ses mouvements, la puissance de son physique.

— Tu vas salir tes vêtements.

— Je ne suis pas habillé comme il faut parce que j'ignorais que j'allais nettoyer une écurie. Ça ne te rappelle rien ?

Elle soupira.

— Tu ne peux pas décemment faire un parallèle entre ta venue ici et ma mésaventure au dîner d'hier soir.

— Je crois que si, au contraire. Et je n'ai pas peur de me salir.

Il s'accroupit, ramassa une poignée de terre boueuse et en macula sa chemise.

— Là, tu vois ?

Elle rit presque malgré elle.

— Aimes-tu les chevaux, au moins ?

— Je ne vais pas tarder à le savoir. Mais ils ne peuvent pas être pires que certains invités d'hier.

Elle le regarda venir vers le cheval dont elle s'occupait, vit que sa démarche était aisée, sans appréhension.

— Je te présente Rusty, dit-elle, le grand chouchou des enfants. Tous ces chevaux font partie d'une école d'équitation à laquelle nous louons nos écuries.

— Quelle est la meilleure façon d'approcher ton Rusty ?

— Es-tu nerveux ?

— Un peu. Il est bien plus costaud et puissant que moi, et ça mérite le respect. Mais je n'ai pas peur. Cela dit, je ne veux pas lui faire peur non plus.

— Tu peux lui caresser les naseaux de cette façon. Il aime ça. Pas vrai, Rusty ?

Le cheval répondit par un petit coup de tête, et elle sourit, puis elle regarda Rob s'essayer à faire de même.

— Tu peux aussi lui offrir une friandise. Je ne leur en donne pas souvent, ce n'est pas bon pour eux d'attendre des récompenses, mais Rusty en mérite une. Tiens, essaie.

Elle sortit de la poche de sa veste une petite carotte qu'elle tendit à Rob.

— Comment dois-je m'y prendre ?

— Tiens la carotte au creux de ta paume en pliant à peine les doigts, dit-elle en plaçant une main sous la sienne pour le guider et en sentant croître l'émoi sensuel qui l'avait saisie. Il ne faut pas craindre le contact des dents, sinon le cheval pourrait avancer brusquement la tête.

Rusty ne réagirait pas ainsi, car il était passé maître dans l'art de saisir les friandises dans de petites menottes. Elle contempla les belles mains de Rob, envahie d'un désir fou.

Rob sourit alors que le cheval lui mangeait dans la main.

— Tu es un bon garçon, Rusty, dit-il. Et maintenant mets-moi au boulot, enchaîna-t-il en se tournant vers elle.

— Il faut qu'on nettoie la stalle. On rassemble à l'aide d'une fourche le crottin et la paille souillée, qu'on entasse dans la brouette. Sans les empiler trop haut. Puis on répète l'opération jusqu'à ce qu'on ait tout enlevé.

Tout en se mettant à l'ouvrage, Rob demanda :

— Alors, cela fait partie de ton travail habituel ?

Elle prit conscience qu'elle avait cessé d'œuvrer, fascinée par le mouvement des muscles de Rob, par la souplesse et la puissance de son dos, de ses épaules bien découplées.

— Non, dit-elle. Deux garçons d'écurie se sont portés pâles, alors, je donne un coup de main. Cela n'arrive qu'en cas de besoin, mais j'aime bien ça. Il m'arrive de penser que je préfère la compagnie des chevaux à celle des humains.

— S'ils se comportent comme ceux d'hier soir…

Rob fit une pause, appuya sa fourche contre un mur.

— Tu ne peux pas évaluer ta capacité à être comtesse de Darrow sur la foi d'hier soir, tu sais.

— Il n'y a pas que ça… La soirée d'hier m'a prouvé que je suis mal armée pour ce rôle.

— Foutaises.

8.

Des émotions diverses assaillirent les traits d'Adriana : confusion, colère, frustration. La tentation de la prendre dans ses bras, de l'embrasser, submergea presque Rob. Elle était étrangement attachante avec sa queue-de-cheval en désordre et le bout de son nez taché de boue. Vêtue d'une veste en toile huilée, de leggings et de bottes, elle donnait aussi le sentiment d'être dans son univers.

Voici qu'elle croisait les bras, à présent.

— Tu pourrais m'expliquer ce que tu entends par « foutaises » ? dit-elle, dessinant les guillemets dans l'air avec véhémence.

— Volontiers. Tu as prétendu que tu n'avais pas l'étoffe d'une comtesse. Je ne suis pas d'accord.

— Tu m'as pourtant vue hier. Je me suis laissé tourner en ridicule, j'ai fui à la salle de bains, j'ai même réussi à renverser du potage sur ma robe.

— Ce n'est pas ce dont j'ai été témoin. J'ai vu qu'on t'avait piégée dans une soirée mondaine orchestrée pour te mettre mal à l'aise. Tu n'as pas pris la fuite, tu es restée. Confrontée à l'impolitesse et à la provocation, tu es restée polie. Si tu as renversé un peu de potage, où est le drame ? D'autres auraient déversé ce potage sur la tête de ma mère. Ou d'Eleanor !

Les yeux d'Adriana se dilatèrent de surprise.

— Merci. J'apprécie réellement ce que tu dis. Mais le rôle de comtesse implique de savoir se comporter en société, s'habiller, faire la conversation, recevoir.

— En partie, oui. J'ai réfléchi, et je me suis rendu compte que dans nos premières discussions sur notre mariage et mes attentes j'ai commis une faute. Je n'aurais jamais dû dire que tu devrais prendre la relève de ma mère. Tu peux être comtesse de Darrow à ta manière. Je ne t'ai pas demandé si tu désirerais t'impliquer dans la gestion du domaine, par exemple.

Cette fois, Adriana resta bouche bée. Il vit poindre dans son regard une dose d'incrédulité, et comme un sourire.

— Je croyais que tu voulais t'en charger, dit-elle.

— Il ne m'était pas venu à l'esprit que tu t'y intéresserais. J'ai eu tort.

En rentrant chez lui la veille, il avait eu une nuit d'insomnie, avait maudit sa stupidité. Il avait été si occupé à « cocher les cases », régler les choses pour Darrow afin de pouvoir en revenir à Easel Enterprises, qu'il s'était comporté envers Adriana comme ses parents envers lui. Il ne l'avait pas considérée comme une personne à part entière.

— Tu peux être comtesse comme tu le jugeras bon, insista-t-il. Rien ne te force à « copier » ma mère comme le feraient Stella ou Eleanor.

— J'adorerais m'impliquer dans la gestion du domaine. Mais les autres choses que ta mère accomplit sont importantes.

— Je le sais, et je crois que tu peux apprendre. Tout comme je peux apprendre à nettoyer une écurie. Tu t'en juges incapable par manque de foi en toi.

Et il aurait bien aimé comprendre pourquoi.

— Tu *as* de l'allure, continua-t-il. Dans ta façon de marcher, de te tenir, même ici, de patiner sur la glace. Tu es plus que capable de te défendre. Et nous n'avons jamais eu de difficulté à parler ensemble.

— Parce que tu ne me fais pas peur. Les chevaux non plus.

— De quoi as-tu peur, alors ? demanda-t-il doucement.

Des ombres obscurcirent le regard gris d'Adriana.

— D'être jugée défaillante, de me ridiculiser, de ne pas être assez bien.

Puis elle cilla, comme surprise d'avoir été aussi franche.

Une fois encore, il se demanda ce qui l'avait amenée à ressentir cela.

— Tu te juges trop durement, assura-t-il. Et tu te soucies trop de ce que les autres pensent.

— Il est tout de même difficile d'y rester indifférente, non ? Je tiens à ce qu'on m'aime bien. Pas toi ?

— Jusqu'à un certain point. Je tiens à ce que les gens me respectent à condition d'avoir moi-même du respect pour eux. J'ai envie qu'on me trouve sympathique, je suppose. Ça compte qu'on m'aime pour moi, pas pour mon titre.

Adriana soupira.

— Tu es le genre de personne que les autres respectent. Pas moi.

— Si tu veux parler d'Eleanor et de sa bande, je n'y accorderais aucune importance. Pourquoi voudrais-tu qu'ils t'aiment ?

— Parce que ça m'aurait rendu la vie plus facile autrefois. Et pendant la soirée d'hier, tant qu'on y est. Mais tu as raison, je ne veux pas qu'ils aient de la sympathie pour moi, je veux qu'ils me respectent. Tu n'as jamais eu de mal à te faire respecter, je parie, acheva Adriana en se détournant vers le cheval.

Une part de Rob désirait en rester à cette supposition, il n'avait pas envie de remuer le passé. Mais il tenait à aider Adriana, à lui prouver qu'elle devait avoir foi en elle et méritait le respect de tous.

— En fait, mon enfance n'a pas manqué de harceleurs, dit-il. Mes parents étaient fous de joie d'avoir enfin un fils. Ils essayaient depuis des années, ils avaient tenté plusieurs fécondations in vitro, consulté je ne sais combien de médecins. Alors qu'ils avaient perdu tout espoir, je suis arrivé, moi, l'enfant miracle, l'héritier tant attendu. Ils étaient terrifiés à l'idée que je puisse avoir un accident ou tomber malade.

— C'est compréhensible.

— Je sais. Mais cela a pris des proportions démesurées. Ils m'interdisaient de faire de la bicyclette, de grimper aux arbres, d'avoir un scooter. Ils enquêtaient sur toutes les personnes qui m'approchaient. Finalement, mon père a tenu à ce que j'aille en pension, comme tous les comtes de Darrow avant lui, mais avec des instructions strictes : je ne serais pas autorisé à faire quoi que ce soit de dangereux, dont le sport et à peu près toutes les activités extrascolaires. Tu imagines ? Pour moi, c'était la lose. On me harcelait, on se moquait de moi.

Sans pitié. Il n'avait toujours pas oublié les railleries, les mauvaises blagues, les insultes. Le jour où on l'avait immobilisé et inondé d'eau glacée, celui où on l'avait maintenu sous une douche froide pour « lui apprendre à nager ». Sans parler des rubans roses qu'on nouait dans ses cheveux en le traitant de fifille.

— Tu n'as rien dit à tes parents ?

— J'ai essayé, mais ils en ont déduit que j'avais besoin de devenir un homme. Ils ne pensaient qu'au domaine, à assurer la descendance, à veiller à ce que je sois un comte qui laisse sa trace dans l'histoire et soit la fierté des générations futures.

Il perçut l'amertume qui pointait dans sa propre voix et s'empressa de continuer.

— Si je te raconte tout ça, c'est pour te faire comprendre que je sais ce qu'on ressent quand on est harcelé et qu'on a le sentiment que personne ne vous respecte.

— Comment t'en es-tu sorti ?

— J'ai fait de l'exercice. En économisant mon argent de poche, je me suis procuré des haltères, des poids. J'ai déniché une remise à la lisière des terrains du collège, où j'ai installé un gymnase de fortune. En vacances, un de nos domestiques s'arrangeait pour me couvrir pendant que j'allais courir, et je me suis fait un programme d'entraînement. Ça a marché. Mes parents étaient si contents de voir que je me musclais qu'ils n'ont pas cherché plus loin. Et quand j'ai été prêt j'ai défié la brute en chef en combat singulier.

— Il avait dû se rendre compte que tu étais dangereux !

— Je ne crois pas. Pour lui, j'étais resté une mauviette.

— Et que s'est-il passé ?

— J'ai gagné, dit Rob, non sans laisser pointer une note de satisfaction. Ce n'était pas un pugilat très réglementaire, mais au bout du compte c'est moi qui l'ai emporté.

— Et après ?

— Il a cessé de s'en prendre à moi ou à quiconque. Et j'ai eu droit au respect.

D'autant que, ensuite, vu les inévitables conséquences, il n'avait pas cafté, même s'il avait signifié qu'il n'hésiterait pas à le faire si la brute en chef ou un membre de sa bande portaient la main sur qui que ce soit d'autre.

— J'en suis bien contente. Pas contente de ce qui t'est arrivé, ça me met en colère. Mais parce que tu as eu le dessus. Tu t'es sauvé et tu as sauvé les autres, dit Adriana, souriant jusqu'aux oreilles. Alors, quoi ? Tu suggères que je défie Eleanor à la bagarre ? Ou ta mère ?

Rob eut à son tour un large sourire.

— Ma pensée était plus subtile. Prouve à ces prétentieux qu'ils ont tort. Montre-leur que c'est toi qui as la bonne attitude. Que tu t'habilles mieux, que tu es plus intelligente. Force-les à te prêter attention ou signifie-leur que tu te moques de leur avis. Mais quoi que tu fasses n'abdique pas. Si tu ne veux pas devenir comtesse de Darrow très bien, mais si tu le veux que ce soit à ta manière. Ne renonce pas à cause de ces gens ou parce que tu ne crois pas en toi… Alors, qu'en dis-tu ?

— Eh bien… Merci. Merci de croire que je suis capable d'y arriver. J'aimerais essayer.

Alors qu'elle faisait un pas en avant, les yeux levés vers lui, il lui sembla soudain que des vibrations électrisaient l'atmosphère, comme à l'amorce d'un moment important.

Comme si c'était inévitable, elle fit un autre pas, lui aussi, et ils s'embrassèrent dans un élan de désir réciproque. Tout semblait si naturel tandis qu'elle s'abandonnait à son étreinte. Le désir habitait Rob, il savourait le baiser, la saveur d'Adriana, le contact de ses mains à travers le tissu de sa chemise. Tout exacerbait ses sensations…

Puis quelqu'un s'éclaircit la gorge, dissipant le brouillard sensuel qui les isolait du monde. Ils s'écartèrent l'un de l'autre, et il aperçut une jeune femme aux traits empreints de curiosité.

— Voici Clara, la responsable de l'école d'équitation, dit Adriana, avec une assurance bien simulée.

— Enchanté de vous rencontrer, Clara, dit-il.

— Les stalles sont nettoyées, et les selles, reprit Adriana.

— Merci. J'apprécie vraiment votre aide.

Il était évident que Clara s'exprimait de façon machinale. Son regard était braqué sur lui, et elle plissait un peu les yeux comme si elle tentait de comprendre de quoi il retournait.

— De rien. Il faut que je rentre, maintenant, dit Adriana. Prévenez-moi si vous avez besoin de moi cet après-midi.

— Bien sûr. Et encore merci !

Clara s'éloigna, non sans se retourner à plusieurs reprises.

Adriana secoua la tête dans son dos.

— C'était plutôt gênant.

Mais elle ne semblait pas si embarrassée, elle avait les joues roses et un léger sourire aux lèvres.

D'emblée, il sut ce qu'ils devaient faire. À chaque instant écoulé, il était plus sûr qu'Adriana et lui pouvaient se lancer dans un mariage. Une épouse attachée au domaine serait un bonus de taille, cela augmenterait sa marge de manœuvre pour partager son temps entre Darrow et Easel.

— Nous devons apprendre à nous connaître mieux, passer à l'étape suivante. Voyons comment on s'en tire si on passe du temps ensemble pour de bon.

— Pour de bon ? fit-elle, le regard circonspect.

— En s'éloignant d'ici, de nos vies habituelles, de nos familles, pour voir ce que ça donnerait en habitant le même lieu. Ce qu'il y a de bien dans un mariage de convenance, c'est qu'on peut le façonner à sa guise, se fréquenter peu ou beaucoup. Mais on vit tout de même sous le même toit. En rentrant du travail, que ferons-nous chaque soir…

Il marqua un arrêt puis sourit jusqu'aux oreilles.

— Non, inutile de répondre à ça.

— Je n'en avais pas l'intention, dit Adriana, les joues en feu mais tout sourire. Mais, sinon, j'aurais suggéré une partie de Monopoly, cela va de soi.

Il pouffa.

— Cela va de soi. Non, sérieusement, ça nous permettrait de savoir si on peut se côtoyer sans se taper sur les nerfs.

— Tu veux savoir si j'ai des manies agaçantes, c'est ça ?

— Tout à fait. Et m'assurer que tu supporterais les miennes. Une semaine au Portugal, ça te va ? Mes parents ont une villa dans l'archipel de Madère.

— D'accord, allons-y.

Adriana regarda sa mère.

— Donc, père ne veut toujours voir ni Stella ni moi.

— Je suis désolée, Ria. Il dit qu'il ne peut pas. Mais je crois que la crise cardiaque l'a changé. J'ignore si ça durera, mais il manifeste plus de gentillesse, il ressemble davantage à l'homme que j'ai connu autrefois. Cependant, il est émotif et déprimé. Il dit avoir besoin de reprendre ses esprits avant de voir quiconque. Selon les médecins, un grand changement émotionnel est normal après une crise cardiaque.

— Vas-tu lui parler de ce que je suis en train de faire ?

— Quand le moment sera favorable. Mais, Ria… es-tu certaine de vouloir ça ?

— Bien sûr. Je veux que Salvington soit préservé. C'est notre maison, notre domaine. Nous y sommes *chez nous*.

— Je comprends ce que tu ressens, mais Salvington est un lieu, sans plus. Toi, tu es un être humain, et tu n'as qu'une vie. Si, à Dieu ne plaise, ton père venait à mourir d'ici peu, Salvington reviendrait à Bobby Calloway et il faudrait tout de même aller de l'avant. Salvington, ce n'est que de la brique, de la pierre, de la terre. Le domaine ne compte pas plus que ton bonheur.

Adriana n'avait pas manqué de percevoir la note d'amertume dans la voix de sa mère.

— Oh ! maman, je suis désolée ! Salvington a toujours passé avant ton bonheur à toi.

— C'est exact. Ma vie a tourné autour de Salvington depuis que j'ai épousé ton père. Je ne veux pas gâcher ton existence.

Si tu poursuis ce que tu as commencé, tu renonceras à ta chance d'avoir droit à l'amour, à ton conte de fées personnel.

Adriana vit la tristesse de son sourire, et un léger doute la prit, qu'elle jugula aussitôt. Elle agissait comme il fallait, elle en était sûre. Rob et elle avaient un plan.

Elle étreignit sa mère.

— Je ne crois pas aux contes de fées, et ça ne gâchera pas ma vie. Pour moi, Salvington, c'est plus que de la pierre et une terre. C'est une part de moi. Je veux que le domaine fasse partie de ma vie et de celle de mes enfants. Je *dois* faire ça.

— Ma foi, tu as toujours eu de la suite dans les idées, ma chérie. Je ne peux que te souhaiter bonne chance.

9.

Rob coula un regard en biais vers Adriana, dont le profil se découpait sur le fond de ciel bleu visible à travers le hublot.

Elle était absorbée dans la lecture d'un livre, et il aimait décidément ce qu'il voyait. Adriana dégageait une sorte de paix. Elle paraissait plus à l'aise, sa frange était maintenue en arrière par les barrettes qu'il lui avait offertes.

Tous ces éléments positifs auguraient bien de leur projet, et un sentiment quelque peu surréel l'envahit : c'était probablement la femme qu'il épouserait et avec qui il aurait des enfants. Une femme qui avait les mêmes valeurs et convictions que lui, qui rejetait l'amour et qui était heureuse de forger une alliance, un partenariat. Il y avait aussi cette étincelle entre eux… Leurs baisers restaient gravés dans son corps et son esprit.

Holà, méfiance ! C'était l'attirance sensuelle qui avait enclenché sa relation désastreuse avec Emily. Elle l'avait ferré, titillé et séduit en édulcorant le tout avec des airs de timidité et en faisant mine de tomber amoureuse. L'attirance l'avait rendu aveugle à la fausseté de ses propos, de ses actes, de son comportement. Il s'était fait rouler parce qu'il s'était épris de la femme qu'elle feignait d'être.

Avec Adriana, l'amour n'entrait pas dans l'équation, il l'avait signifié dès le départ. Il ne voulait pas que le désir vienne obscurcir son jugement. Ils devaient déterminer s'ils pouvaient vivre ensemble et élever une famille dans le respect mutuel et la sympathie. C'était là-dessus qu'il devait se concentrer.

Un tintement lui annonça un mail entrant, et il prit connaissance du message de Fleur, qui faisait le point sur le lancement de la société, son excitation et celle de Jonathan, leur regret qu'il ne soit pas présent. Elle terminait en lui demandant de l'appeler. Il pianota une réponse, promettant de lui téléphoner le lendemain, puis il rêva un instant que l'avion se rendait à New York, qu'il emmenait Adriana à une soirée de lancement éblouissante, la présentait à Fleur et Jonathan, lui parlait d'Easel…

— Est-ce que ça va ?

D'un geste instinctif, il rabattit l'écran de son portable et se tourna vers Adriana, qui le regardait en plissant les paupières.

— Je n'essayais pas de lire tes courriels, dit-elle d'un ton quelque peu glacial. Tu avais l'air ailleurs, et le pilote vient d'annoncer qu'on va bientôt atterrir. Nous devons mettre nos ceintures.

— Oh !

Il boucla sa ceinture et éteignit son ordinateur.

Non, il ne pouvait pas parler d'Easel à Adriana. Pas encore. Il ne pensait pas qu'elle divulguerait ce qu'il lui dirait, mais comment en être sûr ? Il n'aurait jamais cru qu'Emily le trahirait à ce point. Il pensait porter un jugement plus équilibré sur Adriana, mais tout de même… Si cela profitait à Salvington d'une façon ou d'une autre, elle pourrait se laisser persuader de trahir sa confiance. Le scénario n'était guère probable, mais à quoi bon courir un risque ?

Cependant, il s'était montré discourtois.

— Je suis désolé, dit-il.

— D'avoir fermé ton portable ou de ne pas avoir été plus subtil ? répliqua-t-elle.

Il ne put retenir un sourire.

— Touché ! fit-il. La deuxième proposition. Je m'excuse, vraiment.

— Excuses acceptées.

Il perçut pourtant qu'elle était blessée. Il comprenait qu'elle le soit, mais il n'y pouvait rien changer. Il fut donc soulagé lorsque l'avion amorça sa descente vers Madère et qu'elle se retourna pour regarder par le hublot.

Rob avait fait en sorte qu'une voiture de location les attende à l'aéroport. Ils partirent immédiatement vers la villa.

— Que c'est beau, ici ! s'exclama Adriana dès qu'ils furent hors de l'enceinte de l'aéroport. Cette végétation, cette lumière ! Quel endroit merveilleux pour passer ses vacances !

— Oui, c'est beau, approuva-t-il. On pourrait prendre les voies principales, mais je préférerais la route touristique en montagne, si ça ne t'ennuie pas. Ce sera un peu plus long.

— Pas de problème.

Cette route était certainement le bon choix car, tout au long, elle ne tarit pas d'exclamations ravies.

— La route est si pentue ; on a l'impression que la voiture ne pourra jamais la gravir ! Ce paysage est étourdissant !

— J'ai pensé qu'on pourrait s'arrêter tout là-haut. Ça s'appelle Cabo Girão, ce qui signifie « le cap du Retour », et c'est l'une des falaises les plus élevées du monde. Elle varie de cinq cent soixante à cinq cent quatre-vingt-neuf mètres de hauteur. Ils ont installé un belvédère suspendu avec un sol en verre. C'est vraiment spectaculaire, même si ça peut faire un peu peur. J'aurais dû te demander si tu souffres de vertige.

— Pas du tout. Allons-y !

En approchant du chemin en bordure de falaise, ils devinrent silencieux.

Adriana s'immobilisa.

— Waouh ! J'ai la tête qui tourne un peu, mais ça en vaut vraiment la peine.

D'un geste instinctif, il lui entoura les épaules du bras pour la stabiliser, et pour se stabiliser lui-même, peut-être.

La plate-forme en verre saillait au-dessus de l'à-pic plongeant vers l'océan.

— C'est comme si on marchait sur l'air, souffla-t-elle.

Elle se pendit à son bras tandis qu'ils avançaient ensemble vers la rambarde, lui procurant une sensation de chaleur. Enlacés, ils admirèrent la vastitude du splendide panorama, les saillies anguleuses du paysage escarpé, les falaises, l'étendue des toits, et en contrebas les flots tourbillonnants.

— Regarde les champs, là tout en bas, dit-il. C'est étrange de les voir si près des flots, mais ce sont des coulées de lave figée, un sol extrêmement fertile.

— On les appelle des *fajãs,* non ? fit Adriana en souriant. Je me suis renseignée un peu sur Madère. Mais je ne me serais jamais attendue à ça ! C'est spectaculaire.

Il hocha la tête, étrangement heureux.

Cette expérience était meilleure encore parce qu'il la partageait avec Adriana, parce qu'il la voyait impressionnée et émerveillée, parce qu'il sentait son bras autour de lui.

— Merci de m'avoir amenée ici. Cela a dû être extraordinaire de voir toutes ces merveilles quand tu étais enfant.

— Nous ne visitions pas grand-chose quand nous étions ici. D'ailleurs, mes parents ne m'auraient pas autorisé à approcher le bord d'une falaise. Bon, ce belvédère n'existait pas encore, mais ils détestaient rouler sur d'autres voies que l'autoroute. Ils jugeaient ça trop dangereux. Il y a ici des routes très étroites et sinueuses qui épousent des falaises vertigineuses.

Adriana devint songeuse.

— Tu crois que tu ressentiras les mêmes choses que tes parents au sujet de nos enfants ?

— Non. Et si ça m'arrive je n'en tiendrai pas compte. Cela ne m'a pas rendu service d'être élevé dans du coton.

— Bien sûr. Tu devais avoir envie de prendre toutes sortes de risques, et après ce qui t'arrivait au collège tu supportais d'autant plus mal cette frustration en vacances.

— Oui, c'était dur.

Solitaire, surtout. Ses parents avaient tenu à ce qu'il connaisse des gens « comme il faut », mais vu les restrictions imposées à ses activités toute amitié avait été impossible.

— À propos, en parlant de tes parents… Ta mère m'a téléphoné pour s'excuser. C'était une idée à toi ?

Il secoua la tête, surpris.

— Non ! Je lui ai fait comprendre que sa conduite était odieuse et que nous n'étions pas près de revenir dîner. Mais je ne lui ai pas demandé cette démarche. Elle l'a faite de sa propre initiative. Elle s'est excusée pour de bon ?

— Eh bien… Elle a commencé par dire qu'elle était désolée de m'avoir « imposé par surprise » d'autres personnes et qu'elle aurait dû se rendre compte que c'était « prématuré ».

— Pff ! De fausses excuses, donc.

— Si on veut. Je lui ai répondu qu'elle n'avait pas à s'excuser, que j'étais *flattée* qu'elle ait voulu me présenter nos vieux amis de famille.

Rob laissa échapper un rire.

— Bravo ! Qu'a-t-elle répondu ?

— Elle a ri aussi et elle a dit, je cite : « La réplique est parfaite, ma chère. Je ne l'ai pas volé. » Puis elle s'est excusée de nouveau et nous a souhaité un bon séjour au Portugal. Je vais donc considérer ça comme le proverbial rameau d'olivier offert en signe de paix.

— Tu feras bien. Alors, tu vois !

— Comment ça ? Je vois quoi ?

— Tu as brillamment réagi avec ma mère. C'était pile ce qu'il fallait dire. Donc, tu sais trouver les mots qu'il faut.

L'air interdit d'Adriana le fit de nouveau rire, et il l'attira un peu plus contre lui.

— Et tes parents ? fit-il. Tu leur as parlé ?

Il la sentit se crisper, et quand elle répondit ce fut avec circonspection.

— J'ai prévenu ma mère mais, pour le dire à mon père, elle attendra notre décision définitive.

Il n'eut pas le temps de réagir, elle enchaîna en s'écartant de lui :

— On devrait y aller avant que la nuit tombe, non ?

— Bien sûr. On se remet en route.

Alors qu'ils revenaient vers la voiture, Adriana, consciente des regards obliques de Rob, alimenta la conversation pour éviter de revenir sur son entretien avec sa mère, qu'elle n'avait pas encore vraiment assimilé. Une fois en voiture, elle le laissa se concentrer sur la conduite.

De son côté, elle contempla le paysage dans la lumière du crépuscule : maisons villageoises aux toits de chaume, champs verdoyants, et, sans cesse présents, les falaises abruptes, les lacets de la route grimpante. Jusqu'au moment où, après une énième montée vertigineuse, Rob annonça :

— Nous y sommes.

Devant eux, la superbe villa était comme nichée dans la falaise même. Des murs très blancs, des volets bleus et un toit de tuiles rousses qu'incendiaient les ultimes rayons du couchant.

— C'est beau, dit-elle.

En descendant de voiture, elle inhala les effluves marins, mélange de sel iodé, de soleil et du parfum des hibiscus, dont les fleurs écloses luisaient dans le crépuscule.

— Bienvenue, dit Rob en lui ouvrant la porte.

La villa à plan ouvert, avec une vaste cuisine bien équipée aux plans de travail en marbre sombre, offrait un grand espace à vivre avec des fauteuils en rotin, des canapés, des plantes en pot luxuriantes. Mais, ce qui captivait le plus, c'était la vue : les montagnes escarpées, le bleu sombre des vagues couronnées d'éclats argentés, qui s'étirait jusqu'à l'horizon, les toits de tuiles des maisons villageoises. En la contemplant, elle fut prise de l'envie de peindre, d'essayer de capter cette palette colorée et vibrante.

— C'est magnifique ! Je comprends que tes parents veuillent se retirer ici.

— Si ça te dit, on peut faire une balade au village, trouver un endroit où dîner.

— Pourquoi pas ?

Dix minutes plus tard, ils déambulaient dans le village pittoresque, et lorsque Rob la prit par la main cela lui sembla naturel. Le bourg était petit, avec des rues pavées, d'étroites ruelles bordées de maisons aux jardins odorants qui répandaient dans l'air la senteur des bougainvillées, et au cœur de la localité une place avec des boutiques et des restaurants, ainsi qu'une petite église blanche.

— On se croirait dans un conte de fées, murmura-t-elle.

Elle regretta presque ces mots qui lui rappelaient qu'ils n'étaient pas dans un conte de fées qui s'achèverait sur un amour et un bonheur éternels.

Comme si Rob avait deviné ses pensées, il répliqua :

— Pour ma part, je suis ravi de constater que ce conte de fées comporte un vrai restaurant et que nous n'avons pas à nous rabattre sur une maison de pain d'épices. Dîner ici, ça te tente ?

— Je pense bien !

Le petit restaurant animé donnait sur la mer, ses baies vitrées laissaient voir quelques tables et alcôves occupées par une clientèle familiale, de jeunes couples, quelques dîneurs solitaires. La porte entrouverte laissait filtrer une alléchante odeur d'ail, de fruits de mer et d'épices.

Une fois attablés, ils étudièrent le menu.

— Que prends-tu ? demanda Rob.

— Je ne suis pas décidée. Et toi ?

— J'ai une idée. Tu choisis ce qui te fait envie, moi de même, et ensuite on partage.

— Dans ce cas, je serai audacieuse, déclara-t-elle alors que le serveur les abordait : je vais essayer le *filete de espada com banana frita e maracujá*.

La description mettait en appétit : filets d'espadon panés parfumés de citron et de persil, accompagnés de bananes frites et de chair de fruit de la passion.

— Moi, je choisis l'*arroz de polvo*.

Elle consulta le menu avant de le rendre au serveur.

Le riz cuit dans un riche bouillon à base de tomate et d'oignon parfumé avec le mélange d'épices du chef, avec des morceaux de poulpe en ragoût, faisait envie aussi.

— Excellent choix, dit le serveur.

Une fois qu'il se fut retiré, elle regarda autour d'elle. Elle sourit alors qu'une dame âgée – la grand-mère sans doute – taquinait un petit garçon juché sur une chaise d'enfant. Alors que le petit riait, les parents se prirent la main. Ils échangèrent un sourire si énamouré qu'elle en eut les larmes aux yeux.

Ses parents avaient ressemblé autrefois à ce jeune couple après la naissance de Stella. Cela n'avait pas duré. Pourtant, en cet instant, elle désirait plus que tout savoir quel effet ça faisait d'être contemplée avec tant d'amour.

— Adriana, est-ce que ça va ? demanda Rob.

— Bien sûr. Je regardais nos compagnons de table. Je me demande de quoi nous avons l'air à leurs yeux. D'un couple ? De deux amis ? De collègues de travail ?

— Mystère, dit Rob, qui examina leurs voisins en plissant les yeux. Quelque chose ne va pas ? Tu as des doutes ?

— Je n'en ai pas !

— C'est bien vrai ? Tu as parlé de conte de fées. Es-tu certaine que ce n'est pas ce à quoi tu aspires ?

Elle eut un sourire triste en le voyant si perspicace.

— Oui.

Comme le serveur déposait leurs plats, elle partagea sa part en deux ainsi que Rob le faisait de son côté. Elle leva les yeux, rencontra son regard, vit son front plissé et sut qu'il ne la croyait pas tout à fait.

— J'ai seulement pensé aux propos de ma mère. Que Salvington n'était que de la pierre et de la brique et ne valait pas qu'on renonce à son rêve de bonheur. J'ai été surprise de l'entendre dire ça.

— Parce que son rêve de bonheur s'est écroulé ?

Elle goûta l'espadon, apprécia le mélange des saveurs.

— Oui. Les angoisses de mon père au sujet du domaine ont détruit leur mariage. Je n'avais pas mesuré qu'elle n'a pas le même attachement que Stella et moi pour Salvington, alors qu'il n'y a rien de plus naturel.

— Pour nous, ce sera différent, dit Rob. Je veux que nous soyons heureux, mais notre vie commune ne sera pas fondée sur le chaos d'émotions qu'entraîne l'amour. Ce ne sera peut-être pas une conclusion de conte de fées… Mais crois-tu réellement que Cendrillon et son prince aient eu une union de rêve sur la base d'une soirée de bal ?

Adriana s'esclaffa.

— Où elle s'est rendue en citrouille !

— Et la Belle au bois dormant ? Elle n'a même pas eu droit à une soirée.

— Juste à un baiser.

Les baisers qu'ils avaient échangés lui revinrent en mémoire, et Rob, dont le regard s'attardait sur sa bouche, pensait sans doute à la même chose.

— Je crois que nous nous y prenons comme il faut, dit-il doucement. Nous aurons droit à notre conclusion heureuse à nous. Nous partons sur des bases plus solides que celles de Cendrillon.

— Je suis de ton avis, admit-elle.

Sa mère devait se tromper. Quelle idée de fonder le mariage d'une vie sur un sentiment aussi transitoire que l'amour !

— Maintenant, passe-moi ton assiette, dit-elle en tendant la sienne, prête à l'échange. L'espadon est délicieux. J'aimerais goûter au poulpe.

Ce partage était un symbole de leur association, du futur accord qui bénéficierait à l'un comme à l'autre. Leur relation ne se fonderait pas sur la tromperie et l'illusion, comme avec Steve. Ni sur l'amour, comme celle de ses parents. Ni sur les caprices d'une attirance sensuelle qui ne durerait peut-être pas. Ils avaient choisi la bonne méthode pour aller de l'avant.

10.

Adriana ouvrit les yeux et tourna la tête vers les persiennes closes qui maintenaient la chambre dans la pénombre.

Elle n'avait aucune idée de l'heure, mais il était sûrement grand temps de se lever si elle en croyait cette alléchante odeur de café et de pain frais. Elle se doucha, passa une robe bain de soleil grise et noua ses cheveux en queue-de-cheval avant de s'aventurer dans la cuisine.

— Bonjour ! J'ai fait un saut à la boulangerie pour notre petit déjeuner, dit Rob.

— Mmm, ça fait envie !

Tout comme lui, se dit-elle en son for intérieur. Cheveux encore humides de la douche, jean et T-shirt mettant en valeur un corps mâle admirablement sculpté…

Se sentant rougir, elle se concentra sur sa tartine de confiture.

— Qu'aimerais-tu faire aujourd'hui ? demanda Rob.

— Paresser ce matin sur la plage, lire, prendre un bain de soleil, puis quelque chose de plus sportif l'après-midi ?

— Parfait, dit-il en remplissant la cafetière, dos tourné. Je vais passer quelques coups de fil d'abord, si ça ne t'ennuie pas. J'en ai pour une petite heure, tu peux me devancer si tu veux.

— Pas de problème…

Mais il lui sembla un peu désinvolte, comme s'il désirait être débarrassé d'elle. Était-elle parano ? Mais après tout, seule sur la plage, elle pourrait dessiner. Elle avait emporté des crayons et un carnet de croquis à tout hasard.

— Je te passerai un coup de fil avant de te rejoindre, reprit Rob.

— Entendu.

Une demi-heure plus tard, sur la plage, Adriana, absorbée par sa passion familière, tentait de capter sur le papier le paysage, d'en traduire la beauté singulière et les couleurs.

Elle avait perdu toute notion du temps quand la voix de Rob s'éleva non loin d'elle.

— Ah, c'est ici que tu te niches ! Désolé d'avoir mis plus de temps que prévu. Alors, qu'as-tu fait ?

— Rien.

Paniquée, elle remisa à la hâte ses croquis dans son carton à dessin, ne songeant qu'à dissimuler son travail.

— Qu'est-ce qu'il y a ? demanda Rob, l'air quelque peu perplexe, en s'immobilisant. Si tu ne veux pas que je voie, je m'éloigne, il n'y a pas de problème. Prends ton temps.

Elle ne se le fit pas dire deux fois. Vite, elle rangea ses crayons, replia son support à dessin et se tourna vers lui.

— Tu avais promis de téléphoner, dit-elle, consciente de son intonation acerbe.

— Je te croyais plongée dans ton livre ou en train de somnoler au soleil, fit Rob, plus intrigué qu'en colère. Tu dessinais, j'imagine.

— C'est personnel. Un hobby. Aucun intérêt.

— Tu n'es pas portée à partager ça avec quelqu'un d'autre.

— Exactement. Je le répète, je refuse d'en parler.

Aïe, là, elle se montrait réellement discourtoise.

— Désolée, excuse-moi, fit-elle.

— Désolée d'avoir été impolie ou désolée de ne pas m'avoir entendu arriver ?

— Touché ! La deuxième proposition, dit-elle, faisant écho à leur échange en avion, même si les rôles étaient inversés, c'était elle qui dissimulait. Personne n'est au courant, pour le dessin. Sauf toi, maintenant. Alors ce serait super de ne pas en parler à ma famille ou à qui que ce soit.

— Si tu y tiens, j'y veillerai.

Elle fut surprise de voir qu'il ne portait pas de jugement.

Avec calme, il se délesta de son sac à dos et le posa sur le sable, en sortit un drap de plage, le déploya et s'y assit.

— J'espère qu'un jour tu seras suffisamment à l'aise pour me montrer ton travail, mais je n'exercerai aucune pression. Nous sommes ici pour apprendre à nous connaître, pas pour empiéter sur nos intimités respectives.

Ces mots auraient dû la rassurer. Pourtant, ils l'amenaient à se demander ce que Rob gardait pour lui. Qu'avait-il voulu éviter qu'elle voie sur son écran d'ordinateur ? Elle ne pouvait guère lui poser la question alors qu'elle-même était réticente à partager son propre secret. Mais si le secret de Rob portait sur quelque chose d'inquiétant ? Après tout, elle avait fait confiance à Steve, elle avait cru en lui, et il lui avait brisé le cœur…

Du calme. Steve s'était servi d'elle, il lui avait menti à dessein, il l'avait roulée. Pas Rob. Ils négociaient un partenariat, et dans ce cadre ils convenaient qu'ils avaient droit l'un et l'autre à leur intimité. Elle devait partir du principe que le secret de Rob était aussi innocent que le sien.

— Entendu, dit-elle en se rasseyant, le regard fixé sur l'azur des vagues.

— As-tu d'autres hobbys inavouables ? demanda-t-il, de l'amusement dans la voix.

Elle s'intima de se détendre.

— Pas vraiment. Tu sais déjà que j'aime les chevaux et la lecture. Mais je consacre la majeure partie de mon temps libre à peindre.

— Si je promets de ne pas demander à voir ton travail, accepterais-tu de m'en parler ? De me dire comment tu as commencé, par exemple.

Il n'y avait sans doute pas de mal à ça.

— Quand j'avais environ douze ans, Stella avait décidé de se mettre à la peinture, puis elle a cessé de s'y intéresser. Un jour, je suis tombée sur son matériel délaissé, j'ai eu envie d'essayer, et je suis devenue accro.

— Tu n'as pas été tentée d'aller plus loin, de faire les Beaux-Arts ?

— Non. Je dessine et je peins pour moi.

Elle était trop vulnérable à l'idée de montrer ses toiles, elle avait peur de perdre ce qui lui apportait tant de joie.

— Et cela te suffit ?

Rob s'allongea sur la couverture, contemplant le ciel, et elle sut que c'était pour qu'elle ne se sente pas tenue de répondre. Ainsi, il lui fut plus facile de le faire.

— J'aime essayer de traduire ce que je ressens par le dessin, capter l'impression du moment. Ce paysage, par exemple, peut paraître immuable, mais en réalité il n'est jamais tout à fait le même. Pas seulement parce que les nuages sont changeants ou la lumière du soleil plus ou moins vive. Cela tient aussi à ma perception. Je ne vois pas du même œil un paysage selon que je suis heureuse ou triste. Les sentiments filtrent dans ce qu'on peint, et je trouve ça intéressant. Surtout, j'essaie de rendre la beauté des choses. C'est frustrant, je n'y parviens pas toujours, mais j'adore ça quand même.

Elle se tut. Pour quelqu'un qui ne voulait pas parler, elle était bien prolixe !

— Excuse-moi. Je suis un vrai moulin à paroles.

— Tu n'as pas à t'excuser. Il n'y a rien de mal à avoir une passion. Mais es-tu sûre de ne pas vouloir que ça débouche sur quelque chose ? Une exposition ou…

Il n'y avait rien de plus terrifiant à ses yeux !

— Non ! C'est une occupation personnelle. Comme faire du footing ou aller à la gym.

— J'avoue que je suis très curieux de voir ce que tu dessinais.

Un instant, elle envisagea cette idée.

Après tout, Rob n'allait pas la rabaisser comme son père. Il resterait poli. Mais pour le moment son art lui appartenait. Elle pouvait se dire qu'il n'était pas trop mauvais et que, s'il l'était, ce n'était pas grave. Le soumettre à un jugement extérieur… le risque était trop grand. Et quel embarras pour Rob s'il devait trouver quelque chose de gentil à dire alors qu'il avait envie de s'esclaffer. Ou, pire encore, s'il avait pitié d'elle et de ses illusions.

— Désolée, je… je ne peux pas, dit-elle, résolue à clore la conversation. Si on faisait un château de sable ?

Il se redressa et la regarda avec une drôle d'expression.

— Un château de sable ?

— Oui, ce serait amusant ! Si tu veux une meilleure raison, ça testerait notre capacité à œuvrer ensemble.

— Je n'ai pas besoin d'un prétexte, dit Rob. Je me rappelais seulement la dernière fois que j'ai bâti un château de sable ici. Je m'étais fait un copain, Juan. Il parlait portugais, moi anglais, mais on se débrouillait pour communiquer et on s'est mis à bâtir un château de sable. Hélas, on n'a pas pu le finir.

— Pourquoi ?

— Mes parents désapprouvaient que je fréquente les gosses du coin. Ils m'ont entraîné à la villa, et ça a été terminé. Et toi ? C'était quand, ton dernier château de sable ?

— C'est drôle, le mien n'a jamais été terminé non plus. Ma mère nous avait emmenées en vacances, Stella et moi…

L'un des rares actes de rébellion de sa mère, au moment où son père était en pleine liaison extraconjugale. Cela avait été merveilleux. Une période détendue, pleine de rires. Elles étaient en train d'édifier un château de sable toutes les trois lorsque son père les avait rejointes.

— Mon père a débarqué et a décidé que ce serait mieux de lancer une compétition. Lui et Stella contre ma mère et moi. Stella et lui ont terminé leur château les premiers, et on n'a pas fini le nôtre. Toute ma joie s'était envolée. J'ai toujours le regret de ce château inachevé.

— Et moi du mien, dit Rob. Je propose qu'on édifie le plus beau château de sable jamais bâti. D'accord ?

— D'accord. Il faut d'abord du sable humide.

— Oui. Je suggère qu'on creuse un puits, pour ne pas avoir à faire des allées et venues jusqu'au rivage.

— Bonne idée. Mais on aura besoin de pelles.

— Je crois qu'il y en a dans la villa. Sans doute celles que j'ai utilisées il y a si longtemps.

Rob ne tarda pas à faire l'aller-retour, rapportant deux petites pelles.

— Tu veux la rouge ou la bleue ?

— La bleue, dit-elle, troublée par la présence de Rob, par la puissance de ses épaules bien sculptées, l'élégance de ses avant-bras musclés, et de ces mains viriles qu'elle désirait tant sentir sur sa peau.

Comme elle levait les yeux, leurs regards se rencontrèrent. Le désir qu'elle lut dans les yeux bleus de Rob lui déclencha le long de l'échine un frisson sensuel, et le cœur de sa féminité se contracta.

— Bon, on creuse, dit-elle d'une voix embrumée.

Elle se força à s'écarter et à se mettre à l'ouvrage.

Hochant la tête, Rob s'accroupit près d'elle et l'imita. Elle se concentra sur les mouvements de la pelle, l'écoulement du sable, le besoin de creuser pour faire sourdre l'eau. Mais ces gestes rythmés, l'odeur de la mer, la chaleur du soleil sur sa nuque se conjuguaient pour exacerber la réaction de ses sens à la proximité de Rob.

Il s'interrompit pour saisir une bouteille d'eau, en dévissa le bouchon et la lui tendit. Elle sentit le feu de son regard posé sur elle tandis qu'elle renversait la tête pour boire.

Dans son imagination enfiévrée, il lui semblait que, à mesure qu'ils édifiaient le château, la tension sensuelle croissait avec la spirale de l'édifice humide et lisse, aux tourelles façonnées avec soin. Comment Rob pouvait-il avoir tant d'habileté et d'attention aux détails ? Elle contemplait les mouvements de ses doigts experts, la bouche sèche.

Elle n'était pas la seule à éprouver ce trouble, elle le savait sans trop oser y croire. Elle surprenait les regards appuyés de Rob, sentait sa tension tandis qu'ils œuvraient, et quand leurs doigts se touchaient à l'improviste elle était en feu.

Ce fut elle qui mit la touche finale à l'édifice en posant un coquillage au sommet.

— *Ta-da !* fit-elle.

— Oui, *ta-da !*

— C'est…

— Une œuvre d'art, enchaîna Rob, d'une voix grave, en la regardant, elle et non le château.

Il lui fallait une occupation, sinon elle allait se jeter dans ses bras.

— Je vais le prendre en photo. C'est une sacrée satisfaction de l'avoir terminé ! reprit-elle, devenant volubile.

— Hmm. Je doute que le mot « satisfaction » traduise ce que je ressens, dit Rob alors qu'elle s'empourprait sous son regard. Quand j'ai suggéré ce séjour, je n'ai pas pris en compte qu'il serait compliqué de combattre le facteur attirance. Enfin, à supposer que je ne sois pas le seul à en sentir l'effet.

— Tu n'es pas le seul.

— Rappelle-moi pourquoi nous sommes tombés d'accord pour ne pas y céder ?

— Parce que nous avons enregistré sa présence et qu'il n'est pas nécessaire d'aller plus loin. D'autant que ça pourrait fausser notre jugement sur l'opportunité de ce mariage et notre compatibilité sur d'autres plans plus importants.

Elle avait lâché ces mots d'une traite, mais ils lui parurent vains, dénués de sens. En cet instant, rien ne semblait plus important que les frémissements de la chair.

Elle regarda Rob qui se détachait sur le décor de mer ensoleillée et de sable, tentant de rassembler ses idées.

— Ou alors…

— Oui ?

— Nous n'avons peut-être pas la bonne perspective. En ce moment, l'attirance perturbe notre jugement parce que nous ne pensons qu'à ça. Donc, y céder nous aiderait peut-être.

— Alors…

Avant que Rob ait pu ajouter un mot, elle glissa vers lui, et il l'attira à lui. Il l'embrassa comme si sa vie en dépendait, et avec la même urgence, le même élan impétueux, elle glissa les mains sous son T-shirt, grisée de le toucher enfin.

— Rentrons à la villa avant de nous retrouver en photo sur les réseaux sociaux, dit-il d'une voix entrecoupée.

Lâchant un rire étranglé, elle acquiesça. Rapidement, ils ramassèrent ses affaires de dessin et les pelles, chassèrent le sable accroché à leurs vêtements et se dépêchèrent de partir.

Le sentier qui montait vers la villa parut interminable. À l'arrivée, éperdus de désir, ils abandonnèrent au hasard ce qu'ils transportaient pour se précipiter dans la chambre.

— Enfin ! soupira Rob.

Alors qu'il faisait glisser les bretelles de la robe bain de soleil d'Adriana, ils entendirent le mobile de celle-ci bourdonner.

— Ignore ça, dit-il.

Elle le sortait de son sac avec l'intention de l'éteindre quand la photo de sa sœur apparut sur l'écran.

Malgré elle, elle se figea, aux prises avec un souvenir indésirable : la dernière fois qu'un homme avait voulu lui faire l'amour, cet homme ne pensait qu'à Stella.

Non, non, non ! Rob n'était pas Steve !

Peut-être, mais lui aussi avait voulu épouser sa sœur, passer sa vie avec elle, dormir avec elle, faire des enfants avec elle…

La panique la tenait. La peur insidieuse qu'on se moque d'elle une nouvelle fois.

— Adriana ?

— Désolée, je…

— Il n'y a pas de problème. Rien ne nous oblige à le faire si tu ne veux pas, dit-il d'un ton abrupt en s'écartant. Mais donne-moi une minute.

— Je suis désolée, Rob.

— Pas de problème. Je ne voudrais surtout pas que tu sois contrainte à te faire violence, ou à faire semblant…

— Non ! coupa-t-elle avec véhémence face au regard dérouté et blessé de Rob. Je ne faisais pas semblant !

Comment pouvait-il croire une telle chose ? Et pourquoi ?

— Tu as changé d'avis, dit-il, haussant les épaules. C'est OK.

— Mais non. Je *veux* dire oui, mais ce n'est pas de ça qu'il s'agit. Je…

Si elle ne s'expliquait pas, la situation présente pourrait

devenir un problème chronique. Car Rob ne la croyait visiblement pas. Elle tenait à apaiser la souffrance qu'elle lisait dans son regard.

— J'aimerais t'expliquer, dit-elle posément. Mais pas ici.

Il hocha la tête.

— Viens. Je connais l'endroit qu'il faut.

11.

Tandis qu'ils gagnaient la voiture, Rob inspira l'air saturé par le parfum des fleurs, se demandant s'il avait vraiment envie d'entendre les explications d'Adriana. Cependant, il était toujours préférable de connaître la vérité et d'y faire face, quitte à souffrir. Autant savoir tout de suite si, du côté d'Adriana, l'attirance était factice.

Elle ne pouvait pourtant pas avoir simulé cette passion, cette faim sensuelle, lors du dernier baiser ?

Question idiote. Si, elle pouvait. Emily l'avait fait, non ?

Adriana voulait l'épouser pour sauver Salvington, elle était prête à tout pour atteindre son but. Alors, pourquoi ne ferait-elle pas comme Emily ? S'allonger et penser à… À quoi donc, dans son cas ? À la splendeur du manoir ancestral ?

Repoussant les pensées qui l'agitaient, il se concentra sur leur destination : un merveilleux jardin botanique dont la beauté et les couleurs leur apporteraient une respiration, où il leur serait, il l'espérait, plus facile de parler.

Ils ne tardèrent pas à y parvenir, et il acheta deux tickets à l'entrée du jardin.

— On marche un peu ? suggéra-t-il. Ça t'aidera à rassembler tes idées.

Ils déambulèrent dans les allées joliment distribuées, contemplèrent les azalées, les orchidées de l'Himalaya, les bruyères des landes écossaises, une collection de plantes arborescentes aux grandes feuilles déployées en faisceau, dont les pancartes leur apprirent que c'étaient des cycas. Puis ils parvinrent devant un lac.

— On s'assoit ? proposa-t-il.

— Oui, dit-elle. Merci de m'avoir amenée ici. Je me suis un peu ressaisie, et je tiens à t'expliquer ce qui s'est passé.

Tendu, il regarda Adriana balayer sa frange d'un geste familier.

— Vas-y. Je t'écoute.

— Je ne simulais pas. J'avais peur que, toi, tu fasses semblant, dit-elle d'une toute petite voix.

— Moi ?! fit-il, étourdi, espérant que ce mot si court avait traduit son incrédulité totale.

— J'ai vu la photo de Stella sur l'écran, et…

— Excuse-moi, coupa-t-il, mais je ne comprends pas.

Elle fixa la surface du lac, agitée de loin en loin par une carpe qui sautait au-dessus de l'eau.

— Stella est… Elle est belle, intelligente, drôle, elle en jette. N'importe quel homme opterait pour elle si on lui donnait le choix entre elle et moi. Quand je l'ai vue, j'ai paniqué.

— Mais pourquoi ? Je t'ai déjà dit que je n'ai pas la moindre attirance pour elle.

— Pourtant, tu allais l'épouser. Elle était ton premier choix.

Il se racla la gorge, sentant qu'il était en terrain miné.

— Oui, mais je n'ai pas eu à choisir entre vous deux. Ton offre n'était pas sur la table lorsque Stella et moi avons fait nos projets. Ce qui a eu lieu entre nous nous appartient.

— Je voudrais le croire.

— Mais pourquoi en doutes-tu ?!

Pour lui, cela n'avait pas de sens. Cherchait-elle à le ménager, à trouver une excuse ?

Adriana se triturait les mains, elle regardait autour d'elle comme pour puiser du courage dans le décor végétal luxuriant, et les eaux bleues du lac.

— Je te l'ai déjà dit, j'ai eu un petit ami que j'aimais mais qui ne m'aimait pas. En fait, c'était plus grave. J'ai rencontré Steve dans une soirée où Stella avait réussi à m'entraîner. On s'est parlé, et c'était vraiment sympa. Mieux que ça, même. À la fin de la soirée, il m'a invitée à sortir !

Elle avait parlé comme si elle en restait surprise. Mais, bien sûr, pourquoi ne l'aurait-il pas fait ?

— Il semblait en adoration devant moi, et… Voilà, je me suis attachée à lui. Avec le recul, je pense que j'aurais dû voir les failles, mais elles m'ont échappé. Il s'intéressait beaucoup à ma famille, et quelquefois nous sortions en quatuor, avec Stella et son petit ami. Puis un jour, en cherchant un timbre ou je ne sais plus quoi, j'ai ouvert un de ses tiroirs. Je ne cherchais pas à fouiner, et je n'aurais pas fait attention aux photos et aux documents qu'il contenait si je n'avais pas reconnu le visage de Stella sur une photo qui dépassait. Toutes les photos étaient d'elle, en fait. J'ai essayé de me dire que ça n'avait aucune signification, mais je me suis sentie glacée.

Rob ne connaissait que trop bien ce sentiment, et il allongea la main pour prendre celle d'Adriana.

— Que j'aie eu tort ou pas, là, j'ai fouiné, avoua-t-elle, le visage torturé. Il y avait une clé dans le tiroir, et comme par hasard un appentis verrouillé au fond du jardin. Je l'ai ouvert avec la clé. C'était un… une sorte d'autel à Stella.

Mince ! Il pouvait à peine imaginer l'effet que ça faisait, une pareille découverte.

— C'était plein de portraits d'elle, des coupures de magazines, des impressions d'articles sur Internet. Et Steve y tenait un journal. Il racontait tout ce qu'il ressentait pour elle, il parlait aussi de moi, du fait qu'il fantasmait sur ma sœur chaque fois qu'il me touchait. Qu'il m'adorait comme une sorte de canal de transmission, comme son seul moyen de se rapprocher d'elle.

Rob éprouva un élan de colère.

— Quel tordu ! Quelle ignominie ! Je voudrais… avoir pu t'épargner ça. Je suis vraiment navré qu'il t'ait fait vivre une chose pareille.

— Depuis, je ne suis sortie avec personne. Et aujourd'hui, en voyant la photo de Stella sur mon mobile, je… tout est remonté. Je n'ai plus pensé qu'à ces horribles souvenirs, à cette humiliation, et que je ne supporterais pas de revivre ça.

Oh oui, il comprenait !

— Je te jure que je ne pensais à personne d'autre que toi, dit-il. Et, pour t'en convaincre, je sais personnellement combien c'est horrible de traverser ce que tu as traversé.

Il hésita, mais il voulait parler à Adriana, si cela pouvait l'aider de partager avec elle sa souffrance, et lui faire voir qu'il comprenait son chagrin.

— On marche encore un peu tout en parlant ?

Comme elle hochait la tête, il la prit par la main et l'entraîna dans les allées pavées.

— Emily ressemblait à Steve en bien des points, commença-t-il. Ce n'était pas moi qui l'intéressais, mais ma fortune et mon rang. Je me rends compte avec le recul que c'était évident et que j'aurais dû le voir. Or, je n'ai rien vu. J'ai cru qu'elle m'aimait pour moi-même, qu'elle avait de l'attirance pour moi. Pourtant, tout était simulé. Elle était toujours amoureuse d'un ex qui était en prison. Elle voulait devenir comtesse pour la gloriole. Quand je l'ai demandée en mariage, elle a accepté, mais son ex a été libéré, et elle a renoué avec lui tout en me jouant la comédie. Ils ont fini par être surpris par un photographe, et la vérité a éclaté.

Il serra plus fort la main d'Adriana, qui se porta plus près de lui. Ils avançaient d'un même pas, en parfaite harmonie.

— Pourtant, elle s'est imaginé qu'elle pouvait me baratiner, que je lui pardonnerais. Le pire, ça a été de la voir si sûre de me circonvenir, de me prendre à nouveau dans ses filets, convaincue de son pouvoir sur moi. Et quand je lui ai dit que c'était fini ça l'a mise en rage.

— Comme si tout était ta faute, souffla Adriana.

— Exactement.

— Steve était pareil. Il ne voyait pas en quoi il était en faute. Il s'attendait à ce que je comprenne ce qu'il ressentait pour Stella et même à ce que je sois reconnaissante d'être « la lune de ce soleil ». Il a eu l'air choqué quand je lui ai dit que c'était terminé.

— Emily aussi. Elle était furieuse. Elle a dit qu'elle me le ferait payer, et ça a été le cas. Elle a raconté notre histoire aux médias en en tirant le plus d'argent possible. Elle m'a taillé en pièces de la façon la plus humiliante, en évoquant mon manque de prouesses au lit. Dans une interview, elle a dit que quand elle s'allongeait elle ne pensait qu'à son ex. Elle m'a fait passer pour un pauvre type crédule tout en s'arrangeant quand même pour me traiter de prétentieux de la haute qui l'avait roulée, elle, la fille naïve éblouie par mon argent, jusqu'à ce que le véritable amour finisse par l'emporter.

— Alors qu'elle empochait un paquet de fric en racontant des mensonges aux médias !

— C'est ça. Tu as tout pigé.

Il avait maintenu un ton léger, plein d'autodérision, et s'apprêtait à affronter la pitié dans les yeux gris d'Adriana. Mais il n'y vit que de l'empathie : elle comprenait ce qu'il avait enduré tout comme il comprenait son chagrin.

— Je suis navrée, Rob. Steve et Emily font vraiment la paire. Merci de t'être confié. Je m'explique pourquoi tu as supposé que je jouais la comédie. Ce n'était pas le cas.

— Je te crois.

Le visage d'Adriana était maintenant éclairé d'un sourire si enchanteur qu'il en avait presque mal. Dans le regard qu'elle posait sur lui, il voyait poindre une timide confiance. Lui-même était étreint d'un sentiment chaleureux qu'il ne connaissait pas. Puis elle se porta vers lui et effleura ses lèvres des siennes.

— Si tu me crois, tant mieux, dit-elle en s'écartant. Parce que je te crois aussi.

Ce geste significatif renforça son sentiment chaleureux, raviva son désir. Il la ramena entre ses bras et l'embrassa, négligeant les promeneurs qui les dépassaient. Il l'embrassa pleinement, savourant sa saveur, les sens exaltés par les fragrances végétales qui les entouraient, tandis qu'elle se serrait contre lui avec ardeur. Jusqu'à ce que, pour finir, un toussotement proche les rappelle au réel.

Ils se séparèrent, et elle lâcha un petit rire étranglé.

— Je… Et maintenant ? fit-elle.

— Maintenant, il faut qu'on rentre. Et vite.

Ils s'élancèrent, main dans la main.

Il n'avait qu'une impression distante et floue des beautés qui les environnaient, une simple sensation de couleurs contrastées – les tuiles rouges des pagodes du jardin et les couleurs des fleurs exotiques se détachant sur fond de feuillages variés. Ils s'arrêtèrent à peine à la vue d'une volée de cygnes blancs au-dessus du lac. Pour lui, tout cela n'était qu'un écrin pour la grâce d'Adriana. Quand il déverrouilla la voiture, il se rendit compte que ses doigts tremblaient.

En route, il résista au désir d'écraser l'accélérateur, pour maudire ensuite la désespérante lenteur de la camionnette qui les précédait. Enfin, ils furent à destination.

À la villa, Adriana l'emmena tout droit dans sa chambre. Et cette fois, tandis qu'il l'enlaçait, se délectait du goût, de la senteur, du contact de son corps contre le sien, puis la renversait sur le lit, il sut que plus rien au monde ne les arrêterait.

12.

Adriana ouvrit les yeux, envahie de bien-être, de satiété et d'une délicieuse langueur. Le souffle contenu pour ne pas troubler le sommeil de Rob, elle se délecta de sentir son bras alangui sur sa poitrine, son haleine sur son épaule dénudée.

Les heures écoulées, pétries de joie, de rires, d'intensité, avaient été magiques. Elle n'aurait jamais cru que ce qu'elle venait de vivre était possible, et elle osait à peine imaginer qu'ils puissent partager cela indéfiniment. Elle savait à présent ce que Stella avait tenté de lui dire, et aussi qu'elle aurait du mal à mettre de côté l'émerveillement de ce lien charnel avec Rob pour décider ou non de l'épouser. Qui ne voudrait jouir à vie d'une telle magie ?

Un signal d'alarme tinta dans son esprit.

Gare ! L'attirance pouvait muter, flétrir, mourir. Il ne fallait pas qu'elle soit décisive dans son choix.

Cependant, ce séjour au Portugal mettait en évidence d'autres bonnes choses : Rob avait su respecter son besoin de secret au sujet de son art, il s'était montré plus que compréhensif à propos de sa liaison avec Steve. Elle se sentait libérée, confortée, de lui avoir parlé de ce dernier, d'avoir confié l'horrible vérité.

Jusqu'alors, elle n'en avait parlé à personne, incapable de livrer l'étendue de son humiliation, redoutant de subir une pitié cinglante au récit de son infortune. Mais ce n'était pas de la pitié qu'elle avait vue dans les yeux bleus de Rob, c'était de l'empathie. Et elle savait pourquoi. Elle se sentit soudain optimiste. Tous deux avaient souffert par amour, peut-être pouvaient-ils forger maintenant une union paisible et satisfaisante ?

Elle coula un regard sur lui, sur la blondeur de ses cheveux ébouriffés dans son sommeil, sur ses traits détendus.

Paisible ? Satisfaisante ? La nuit écoulée avait été d'une tempétueuse passion ! Mais c'était là l'effet de l'attirance sensuelle. Cela restait séparé du train-train quotidien, des arrangements d'une union de convenance.

Elle eut un sourire heureux au moment même où Rob ouvrait les yeux.

— Bonjour, dit-il. En voilà un beau sourire !

— Je pensais que, si on se mariait, ce serait divin de t'avoir à disposition, pour ainsi dire.

— Sens-toi libre de m'allumer chaque fois qu'il te plaira.

Elle laissa couler un rire alors que son désir se ravivait, et Rob, prestement, la souleva pour l'amener à le chevaucher en lui décochant un sourire diabolique.

— Rien de tel que l'envie du moment, fit-il.

Une heure plus tard, ils étaient toujours entrelacés dans le désordre des draps.

Rob, déposant un baiser sur l'épaule d'Adriana, se redressa.

— Ne bouge pas, je vais m'occuper du petit déjeuner. Ensuite, on partira en vadrouille. J'aimerais te faire visiter une ville pas loin d'ici.

Une demi-heure s'était écoulée quand Adriana, alléchée par l'odeur de café et de croissants chauds, entra dans la cuisine.

— Je meurs de faim, dit-elle en remplissant son assiette. Alors, où allons-nous ?

— Dans une ville chargée d'histoire, avec une cathédrale magnifique, de belles églises, des rues carrelées, de nombreux restaurants. Et… quelque chose d'autre qui devrait te plaire.

— Quoi donc ? Dis-le-moi.

— Non. C'est une surprise.

Adriana en eut chaud au cœur. Personne ne lui avait jamais fait de surprise !

Elle et Rob établissaient les fondations de leur avenir. Ils s'appréciaient, forgeaient une amitié, et pour couronner le tout ils se plaisaient. Rob la trouvait réellement séduisante. Il était bon, courtois. Ils voulaient l'un et l'autre se marier vite, ils désiraient un enfant, et ni l'un ni l'autre ne se souciaient de l'amour. Oui, ça pouvait marcher !

— Bon, qu'est-ce qu'on attend ? fit-elle une fois sa dernière gorgée de café avalée. On y va !

Ils ne tardèrent pas à rejoindre la cité historique débordante d'activité. Ayant garé leur voiture, ils empruntèrent à pied les rues escarpées qui serpentaient entre les maisons. Ils admirèrent les étals de fruits et de fleurs, rivalisant de couleurs, du marché, et elle eut une folle envie de croquer la scène. Les grappes de piment séché, les paniers en rotin débordant de goyaves ou de fruits de la passion dont les échantillons coupés en deux révélaient le cœur rose ou la chair d'un jaune orange vif…

Le bruit des appels et des bavardages, les odeurs flottant dans l'air les suivirent alors qu'ils laissaient derrière eux le marché, s'engageaient dans des rues pavées de céramique vers la partie la plus ancienne de la ville.

— Nous y sommes presque, annonça Rob.

— Où ça ?

— Vois par toi-même, répondit-il en souriant.

Ils venaient de déboucher dans une rue tortueuse éclatante de couleurs et d'œuvres d'art.

Elle s'immobilisa, cherchant à tout capter du regard.

Sur chaque porte d'entrée de la rue, une scène était peinte. Toutes étaient d'une main différente, et d'une variété étourdissante.

— Incroyable !

— C'est impressionnant, hein ? dit Rob. Je ne les avais jamais vues, ça n'existait pas encore quand j'étais petit. Mais mes parents m'en ont parlé. Ce secteur était très décati, et le gouvernement local a voulu changer ça. Il a accordé aux artistes du coin la possibilité de décorer une porte, et maintenant cela attire une foule de touristes, les commerces fleurissent. Cafés, boutiques, galeries d'art…

— Regarde-moi ces trompe-l'œil ! s'exclama-t-elle tandis qu'ils longeaient la rue. C'est vraiment habile ! J'adorerais savoir peindre de grandes pièces comme ça, qui donnent l'illusion des trois dimensions. On dirait vraiment qu'on va pouvoir entrer dans ce jardin. Oh ! et ça, là dans cette vitrine ! C'est… vraiment remarquable. J'adore !

— Merci, dit quelqu'un derrière elle.

Elle se retourna vivement, vit une femme brune qui lui souriait.

— Je suis Isabella Rocha, l'artiste, dit cette dernière.

— Vous avez un talent extraordinaire. J'aime tout, les couleurs, le trait, la vie qu'il y a sur cette peinture. Et votre sens du détail.

— Merci ! Vous devez être Adriana, je suppose, et vous Rob ?

Adriana en resta interdite. Et Rob enchaîna :

— Surprise ! J'ai fait quelques recherches, vu que Mme Rocha exposait dans cette nouvelle galerie, et j'ai pensé que tu aimerais son travail. Qu'il te plairait aussi de la rencontrer.

— Appelez-moi Isabella, s'il vous plaît. J'ai promis de vous montrer mon exposition en avant-première.

— C'est vraiment gentil, dit Adriana.

— Euh, oui, mais j'ai aussi convaincu Rob de doter une fondation caritative dont je fais partie, pour aider les artistes débutants.

Rob hocha la tête, souriant.

— Je te rejoins ici dans une heure. J'ai pensé que tu apprécierais de rencontrer Isabella en toute indépendance.

Adriana fut touchée par sa démarche. Elle savait qu'il se retirait parce que son art était son jardin secret et qu'elle pourrait ainsi poser à Isabella des questions sur son travail qu'elle n'aurait peut-être pas osé formuler s'il était là. Elle examina les tableaux avec Isabella, l'écouta parler de son inspiration, de sa formation, de sa façon de travailler. Ce fut une expérience merveilleuse, et elle eut peine à croire qu'une heure s'était déjà écoulée lorsque Rob poussa la porte de la galerie.

— Merci infiniment de m'avoir montré votre travail. Je me sens privilégiée.

— C'était un plaisir, dit Isabella. Je me demandais… Le vernissage a lieu ce soir. Aimeriez-vous y assister ? Je me sens plutôt nerveuse. Le propriétaire de la galerie est un acteur célèbre. Ce serait sympa d'avoir ici une vraie fan de mon travail. Et de voir des visages amis.

Adriana se mordit la lèvre.

Une soirée donnée par une célébrité ? Un scénario de cauchemar, oui ! Et pourtant… Tout d'abord, refuser serait le comble de la grossièreté. Ensuite, l'invitation était une occasion de voir si elle saurait être à la hauteur, justifier la foi que Rob avait en elle.

— Nous serons enchantés de venir, s'entendit-elle dire.

— Oui, merci pour l'invitation, renchérit Rob, l'air ravi de sa réaction positive.

— Super, dit Isabella, griffonnant sur un carton d'invitation. Voilà les informations. J'ai hâte de vous revoir ce soir.

Une fois dehors, Adriana se tourna vers Rob.

— Elle est géniale. Merci à toi d'avoir arrangé cette rencontre.

— Je suis content que tu l'aies trouvée sympathique. Et je m'excuse pour le vernissage. Je n'étais pas au courant.

— Ne t'excuse surtout pas. Je tiens à m'y rendre.

Ce serait peut-être amusant si elle se sentait appréciée, désirée, accompagnée par la bonne personne… Sans doute était-ce ce que Stella ressentait en permanence, alors qu'elle-même découvrait ce sentiment.

— Mais dans ce cas il faudrait que je fasse les boutiques, reprit-elle en consultant sa montre. Si je te retrouvais ici dans deux heures ? Ça te convient ?

— Pas de problème. Sauf si tu veux mon aide.

— Non. Tout va bien.

Parce que, cette fois, c'était elle qui voulait le surprendre.

Rob noua sa cravate et jeta un coup d'œil sur son reflet.

C'était correct. Il avait mis des boutons de manchette de son père, et le smoking de location lui allait bien.

Il sortit de sa chambre et s'engagea dans la vaste pièce à vivre de la villa.

Adriana avait semblé contente de ses achats et, s'il l'avait sentie un peu nerveuse à l'idée de la soirée à venir, elle était visiblement sincère dans son désir d'y assister.

— Je suis prête.

Il se retourna au son de sa voix et se surprit à avoir la gorge nouée, tant elle était sublime. Il en fut réduit à la contempler.

Sa robe était grise, sa couleur favorite, mais d'un gris argenté, et le tissu miroitait sur son corps. Les fines bretelles, le col en V, le collier artistement placé, la fente subtile sur le côté… L'ensemble était divin, il lui inspirait un désir fou et l'envie d'entraîner Adriana dans la chambre pour la dévêtir avec art.

— Est-ce que ça te plaît ?

— Et comment ! Tu es sensationnelle !

Cela ne tenait pas seulement à la toilette. Ses cheveux brillants étaient ramenés en arrière en une coiffure élégante et épurée, si bien que, pour une fois, son visage était tout à fait dégagé. Ses yeux gris étincelaient, le maquillage léger qu'elle avait choisi soulignait la beauté de sa bouche, le relief de ses pommettes.

— Tu n'es pas mal non plus, dit-elle en le rejoignant.

Et une fois de plus le souffle lui manqua tant il était troublé par son parfum de vanille et la proximité de sa bouche faite pour le baiser.

Elle lui sourit, lut son désir dans son regard, et se troubla à son tour.

— Plus tard, murmura-t-elle.

— C'est promis ?

De nouveau, elle eut un sourire qui lui illumina le visage.

— Croix de bois, croix de fer.

— Je compte sur toi. Est-ce que ça va ? ajouta-t-il en lui prenant les mains.

— Oui. Je suis nerveuse, mais ça va. Si je veux donner une chance à ce mariage éventuel, je dois être capable d'affronter ça. En tout cas, il me semble que j'ai le look qu'il faut.

— Tu es parfaite. Allons-y et éblouis tout le monde.

Ce qui fut fait. Dès leur entrée dans la vaste pièce, habilement éclairée pour mettre les tableaux en valeur, Adriana se montra plus qu'à la hauteur. En la voyant parler d'art et de politique environnementale locale tout en dégustant des canapés et en tenant avec élégance une coupe de champagne, il se demanda comment elle avait pu se croire indigne du rôle de comtesse. Il voyait de plus en plus nettement qu'ils pourraient conclure leur négociation avec succès, que cette femme était sans doute la compagne de sa vie, la future mère de ses enfants.

L'ombre d'un doute le traversa : aimerait-elle s'occuper de Darrow alors qu'elle n'avait pas pour ce lieu d'attachement particulier ? Elle chérirait leurs enfants, ça, il en était sûr. Mais si Salvington n'était pas entré dans l'équation, aurait-elle choisi de fonder maintenant une famille ? Et avec lui ?

Il la regarda, si animée, si enthousiaste pour les œuvres d'Isabella. Elle examinait un tableau avec l'artiste et un autre peintre, posait des questions, l'esprit affûté et en éveil.

Elle était dans son élément, l'art n'était pas qu'un hobby pour elle, comprit-il, c'était quelque chose de profondément important. Ne regretterait-elle pas un jour d'avoir donné la priorité à Salvington sur le reste ?

Soudain, un scrupule le saisit. Lui, il allait mener de front son devoir et son rôle dans Easel. Pourquoi Adriana n'aurait-elle pas le droit d'en faire autant ? Il devait la faire profiter de la leçon qu'il avait reçue. Même s'il fallait pour cela lui accorder sa confiance.

— Est-ce que ça va ?

Elle l'avait rejoint et le considérait d'un air préoccupé.

— Très bien. Je te regardais, dit-il avec un sourire. On dirait que tu es à ton affaire ici.

— Oui. Isabella est incroyable. Si généreuse. Elle accepte mes questions. Elle est très inspirante.

— Lui as-tu dit que tu dessines et peins toi aussi ?

— Bien sûr que non ! s'écria-t-elle, atterrée.

— Pourquoi pas ? Et si tu lui montrais ton travail pour savoir ce qu'elle en pense ?

— Non. Il est hors de question que je profite de sa gentillesse. Et ce serait inutile.

Devant sa panique, il se maudit de sa stupidité.

— C'était juste une idée comme ça, fit-il.

— Eh bien, moi, j'en ai une pour tout à l'heure. Il serait temps qu'on rentre, non ?

13.

Adriana coula un regard vers Rob alors qu'ils roulaient vers la villa dans les ténèbres trouées par de rares voitures de passage et saturées par le parfum des hibiscus.

Il avait l'air sérieux, et elle eut comme un pressentiment.

— Est-ce que tout va bien ? fit-elle, se demandant si elle avait commis quelque faute.

— Oui, très bien, dit-il d'une voix chaleureuse qui la rassura d'emblée. J'ai réfléchi un peu, c'est tout.

D'un ton qui se voulait léger, elle lança :

— Ça promet du souci !

— Mais non. Je voudrais te parler de quelque chose, c'est tout.

— Cela ne peut pas attendre demain ? Je croyais qu'on avait… d'autres projets.

Cela lui valut un sourire.

— Je n'ai pas oublié, mais je voudrais discuter d'abord.

Ils achevèrent le trajet en silence et, à la villa, elle le regarda préparer du thé, le servir à la table de la cuisine, s'asseoir. Il avait ôté son veston et dénoué sa cravate, éveillant au cœur de sa féminité les contractions de désir familières.

— Alors, de quoi veux-tu discuter ? demanda-t-elle.

— De toi. Plus précisément, de ton art.

Elle fronça les sourcils. Elle ne s'était pas attendue à ça.

— Je t'ai déjà dit que je n'en parlais jamais.

— Je sais bien, mais nous devons aborder ce sujet, désolé. Je t'ai observée avec Isabella, ce soir et dans l'après-midi. Tu étais dans ton élément. J'ai eu l'impression que tu savais de quoi tu parlais, que c'était une vraie passion. Alors, je ne m'explique pas que ce soit tabou, que tu n'aies pas cherché à développer ça.

— Parce que je ne le veux pas.

— À cause de Salvington ? s'enquit-il. Parce que tu te sens tenue de gérer le domaine aux dépens de ton art ?

— Je te répète que ce n'est qu'un hobby.

— Es-tu bien sûre de vouloir t'en tenir là ?

— Oui ! Certaine. Pourquoi cela te tracasse-t-il ?

— Parce que je ne veux pas que tu renonces à quelque chose d'essentiel pour toi à cause de Salvington. Tu n'es pas obligée de choisir entre les deux. Tu peux être à la fois comtesse et artiste si tu en as envie. Ton sens du devoir ne doit pas t'empêcher d'assouvir ta passion.

— Cela te soucie vraiment, dit-elle, profondément touchée par sa sollicitude.

— Oui. Et tu devrais y attacher toi aussi de l'importance. On n'a qu'une vie, et elle ne doit pas être entièrement régie par le devoir. Je sais ce que c'est.

— Je ne comprends pas.

— Je t'ai expliqué que mes parents m'avaient surprotégé. Mais ce n'est pas *moi* qu'ils surprotégeaient, c'était l'héritier de Darrow. Je comprends qu'ils soient fiers de notre lignage et j'aime notre domaine. Mais… je ne ressens pas à ce sujet la même chose qu'eux, ni que toi.

— Cela n'a rien d'étonnant. Tes parents voulaient bien faire, mais leur attitude n'était pas propre à générer de l'amour. La frustration des désirs génère forcément du ressentiment. Comment un enfant empêché de faire ce dont il a envie au nom du devoir et amené à craindre de ne pas être à la hauteur pourrait-il mettre tout son cœur à la tâche ? Moi, j'aime Salvington parce que j'ai pu forger un lien avec le domaine, continua-t-elle. Peut-être que, avec le temps, tu y parviendras pour Darrow.

— Peut-être. En tout cas, je crois pouvoir trouver un équilibre entre mon devoir et ce qui m'intéresse personnellement… Ce que je vais te dire est strictement confidentiel.

— Je jure de ne pas trahir ta confiance, dit-elle en posant la main sur la sienne.

— Après la catastrophe avec Emily, j'ai passé un accord avec mes parents. Ils vieillissent et aimeraient que je prenne la relève, ce qui n'est que justice. Je leur ai demandé de m'accorder deux ans, où je serais libre d'aller où je voudrais et de faire ce que bon me semblerait. Je pensais que ça me permettrait d'oublier Emily, et je leur ai donc promis que, après ce laps de temps, je reprendrais la gestion du domaine et ferais un mariage convenable. Ils ont accepté.

— Tu es donc parti à New York pour une autre vie.

— Oui. Là-bas, j'étais Rob Wilmington tout court, et j'ai adoré ça. C'était grisant de découvrir à quoi aurait pu ressembler ma vie si je n'avais pas été ce que je suis réellement. J'ai rencontré un couple qui habitait la maison où je louais une chambre. Fleur et Jonathan. Nous sommes devenus amis. Un soir, en bavardant avec eux, j'ai eu l'idée d'une start-up. Un site web qui offrirait aux gens la possibilité de construire le leur. Il en existe déjà, mais nous avons trouvé comment rendre ça hyper facile et presque gratuit. Nous avons ajouté d'autres services : comment utiliser les réseaux sociaux, faire des clips vidéo, tirer parti de plans d'archives et d'œuvres d'art, et aussi réaliser les siens et les mettre sur le marché. Le lendemain, je me suis dit : pourquoi ne pas lancer ça pour de bon ? J'ai convaincu Fleur que ça pouvait réussir, elle a donné son accord, et Jonathan a accepté la direction.

— Parce que tu voulais rester en coulisses ?

— Oui. Je voulais mener ça à bien en tant que Rob Wilmington. Et j'y suis parvenu. Notre partenariat a fonctionné, et… c'est génial. En deux ans seulement, nous en sommes venus au point où nous sommes prêts à lancer Easel. Pour le moment, je joue plutôt un rôle de consultant. Je ne veux pas encore rendre publique mon implication.

Adriana ouvrit de grands yeux.

C'était pour cela, comprenait-elle, qu'il avait tu son projet à tous. Elle mesurait aussi qu'il venait d'accomplir un grand pas en lui faisant une telle confidence.

— Parce que je tiendrai ma promesse à mes parents, continua-t-il. J'apprendrai à gérer Darrow, je serai un bon comte et je veillerai sur nos terres pour la génération suivante, lorsque mon heure viendra. Mais alors je prendrai un bon régisseur afin de pouvoir tout mener de front. Je développerai Easel à l'international tout en œuvrant pour Darrow.

— C'est un projet remarquable ! J'en suis heureuse pour toi.

— Merci. Si tu voulais participer à la gestion de Darrow, tu serais la bienvenue, bien sûr. Mais je souligne que tu n'y es pas obligée. Si tu veux développer ton art, je te soutiendrai autant que je le pourrai. Je sais que tu adores Salvington, mais cet amour n'a pas à être exclusif. Tu peux aussi réaliser un autre rêve.

— J'ignore si j'en suis capable, dit-elle faiblement. Je ne suis d'ailleurs même pas certaine de le vouloir.

— Pourquoi pas ? Se lancer dans autre chose, ça fait peur, mais cela procure aussi beaucoup de joies. Quand nous avons mis Easel sur pied, il nous est arrivé de penser qu'on échouerait. Je me suis demandé si on s'intéresserait à mes idées si elles n'étaient pas soutenues par le prestige et l'éclat de mon titre et de mon rang social. Mais je croyais en elles, et cela m'a aidé à surmonter mes doutes.

— C'est peut-être ça, alors, le problème. Je manque de la foi nécessaire.

— Vraiment ? fit Rob, sourcils froncés. Tu ne crois pas que ton travail soit bon ?

Il la considérait comme s'il avait affaire à une énigme. Cela la mettait sur les nerfs, mais elle était tout de même réchauffée de voir qu'il s'intéressait tant à elle. Les mains réunies autour de son gobelet de thé, elle soupira, pensive.

— Je crois parfois que c'est du boulot d'amateur de la pire sorte, qu'un enfant de cinq ans ferait mieux. Et parfois il me semble que c'est bien. Mais en général j'évite d'analyser ce que je fais, parce que je ne veux pas en venir à m'arrêter de dessiner et de peindre.

— Pourquoi ne montres-tu pas ton travail à quelqu'un ? À ta famille ? Pourquoi garder le secret ?

— Parce que je ne supporte pas que cette chose qui m'est précieuse soit détruite, avoua-t-elle.

— Dis-m'en la raison, fit Rob avec gentillesse.

Il méritait une véritable explication, il avait droit à la vérité après ce qu'il avait partagé avec elle.

— Quand j'ai commencé à dessiner, ce n'était qu'un passe-temps. Mais cela a vite tourné à la passion, et j'ai su que je devais garder ça pour moi. Tu comprends, mon père…

Elle s'interrompit, se tritura les mains, puis les cheveux. Pour la première fois depuis des jours, la frange dissimulatrice reprit sa place.

— Mon père me rend responsable de tous les problèmes de Salvington. On avait annoncé à mes parents qu'ils auraient un garçon. Les échographies n'étaient pas aussi fiables qu'aujourd'hui, j'imagine, et il y a toujours une marge d'erreur. En tout cas, je devais être l'héritier désiré. Ça n'a pas été le cas. De plus, après m'avoir eue, ma mère s'est mise à souffrir d'endométriose et, à tort ou raison, mon père m'en a rendue responsable aussi. Bref, il nous blâme en permanence, ma mère et moi. Il ne nous a jamais frappées, mais… Les mots aussi peuvent faire très mal. Le fond de l'affaire, c'est qu'il ne peut pas me souffrir.

— Oh ! bon sang, Adriana ! Je n'en avais pas la moindre idée ! C'est épouvantable !

— Tu sais, dans un sens, je le comprends. Son amour pour Salvington n'a rien de rationnel, pas plus que l'amour de tes parents pour Darrow, j'imagine. Seulement, tes parents ont eu l'héritier qu'ils voulaient. Mon père, non. Il n'a jamais rien reproché à Stella, il l'adore quoi qu'elle puisse faire. Elle a essayé de lui montrer qu'elle n'est pas parfaite, mais pour lui elle ne peut rien faire de mal. Moi, en revanche… Il ne rate pas une occasion de manifester violemment son aversion.

Alors, depuis l'enfance, je sais que la meilleure chose à faire c'est de rester hors de sa vue.

Rob secoua lentement la tête, atterré.

— Donc, tu ne lui as pas parlé de ton art parce que tu savais qu'il le piétinerait, qu'il te ferait douter de ton talent. Et s'il passait son temps à te rabaisser, forcément, tu avais du mal à croire en toi.

Il se pencha en avant et lui prit les mains, lui donnant tout à coup le sentiment qu'elle était en sécurité.

— Tu as dit comprendre ça « dans un sens ». Eh bien, moi pas ! Et je ne crois pas que tu doives l'admettre. Le comportement de ton père à ton égard est tordu, Adriana. Vraiment tordu, et ça me met en rage. C'est injuste, déplacé, tu ne mérites vraiment pas ça. Maintenant que tu m'en as parlé, je t'admire encore plus d'être devenue ce que tu es en dépit de ce que tu as subi. Et je suis d'autant plus convaincu que tu dois développer ton art. Même si je comprends pourquoi tu ne l'as pas fait.

— Merci. Je me sens… plus légère. Je vais peut-être trouver le courage de réfléchir à ce que tu dis.

— Accepterais-tu de me montrer ce que tu fais ? demanda Rob. Non, désolé, oublie ça. Je n'ai pas le droit de te le demander.

— Si, tu l'as. Mais ce serait déloyal de ma part de te le montrer. Si c'est archi-nul, je ne veux pas que tu aies à me le dire.

— Il y a beaucoup d'artistes connus que je trouve nuls. C'est ce qu'il y a de beau avec l'art, ça reste subjectif. J'avais envie de voir ton travail parce que ça compte pour toi et pour moi, pas pour porter un jugement.

Elle le regarda, à la fois effrayée et tentée par l'idée.

Rob lui avait confié son projet secret, elle pouvait se fier à lui pour ne pas se montrer blessant. Si son travail ne valait rien, autant que ce soit lui qui le lui apprenne.

— Je n'ai pas grand-chose ici, seulement le croquis que j'ai fait sur la plage et quelques trucs qui se trouvaient dans mon carton, dit-elle en se levant. Je vais les chercher.

Quelques instants plus tard, elle était de retour, le cœur battant. C'était la toute première fois qu'elle montrait à quelqu'un ce qu'elle avait créé ! Rob prit son carnet de croquis en lui adressant un sourire rassurant, et elle guetta sa réaction.

Il garda une expression égale en examinant les croquis. Celui de la plage, inachevé, et un ou deux autres : un coin de bois, un champ de fleurs…

— Mes croquis m'ont servi de base pour certaines toiles, dit-elle.

Elle afficha sur son mobile la peinture du coin de bois. Rob prit l'appareil, étudia le paysage puis leva les yeux.

— Je les trouve sensationnels, dit-il. Ils ont quelque chose d'à part. Ça tient à la façon que tu as de capter une atmosphère, un moment. Tu as vraiment une singularité. Je n'ai là qu'un échantillon de ton travail, mais j'aimerais en voir d'autres à notre retour, voir tes toiles. Tu devrais tirer parti de tout ça, Adriana. Je t'assure.

Elle eut un élan de bonheur, car elle savait qu'il n'aurait pas risqué qu'elle se ridiculise en montrant à quelqu'un d'autre des dessins qui ne valaient rien.

— Merci, dit-elle, ne sachant que dire d'autre. Vraiment.

Et elle se pencha pour l'embrasser sur la joue.

Il l'attira aussitôt sur ses genoux.

— Merci de m'avoir fait confiance et de m'avoir montré quelque chose d'aussi précieux pour toi.

Ils restèrent assis un moment dans un silence confortable et chaleureux, puis elle se leva et lui sourit.

— J'ai une promesse à tenir, je crois. Et il ne me déplairait pas qu'on m'aide à enlever cette robe.

— Je suis ton homme, dit Rob.

« Ton homme. » Les mots résonnèrent dans l'esprit d'Adriana. Ils avaient quelque chose de grisant.

14.

Rob alluma la bouilloire, mit du café moulu dans le filtre de la cafetière puis cassa des œufs dans un bol. Il préparait une belle omelette accompagnée de pain croustillant pour le breakfast. Sifflotant, il détailla les poivrons achetés au marché tout en pensant au reste de ses achats et à son plan surprise pour la journée.

Tandis que les oignons commençaient à dorer dans la poêle, il éteignit la casserole de pommes de terre, et son sourire s'élargit lorsque Adriana fit son entrée dans la cuisine, achevant de s'essuyer les cheveux à l'aide d'une serviette.

— Bonjour, dit-il.

— La matinée est très avancée. Pourquoi ne m'as-tu pas réveillée ?

— Tu étais si belle en train de dormir. Alors je suis allé faire des provisions au marché, et voilà.

— Mmm, ça sent bon ! approuva-t-elle en versant l'eau chaude dans la cafetière. Que fait-on aujourd'hui ?

— Je me suis dit qu'on prendrait le téléphérique pour admirer les montagnes, puis qu'on redescendrait de même.

— Cela promet d'être amusant.

— Et que tu pourrais faire des croquis de la cathédrale tandis que je rattraperais du travail administratif pour Easel.

— De mieux en mieux, lança-t-elle, un large sourire aux lèvres. La vie est plus facile sans secrets.

Une heure plus tard, alors qu'ils attendaient l'arrivée des petites télécabines bleues dans la queue pour la balade en montagne, il se surprit à suivre le regard animé par l'intérêt d'Adriana sur les alentours, et il devina qu'elle réfléchissait à la manière dont elle dessinerait ou peindrait le paysage, capterait le bleu du ciel et ce nuage évanescent.

En fait, il commençait vraiment à la connaître. Tant de choses prenaient leur sens ! Sa détestation des réunions mondaines, sa crainte de ne pas faire assez bien, sa conviction d'être beaucoup moins bien que sa sœur. Tout ça à cause de son père !

Mais il réprima son élan de colère. Lord Salvington était un malade, et si cela n'excusait pas sa conduite il devait cependant être épargné.

Une télécabine arriva, et en un rien de temps ils furent à bord, chanceux au point d'avoir le véhicule pour eux seuls. Ils s'assirent tandis que la montée commençait.

— Oh là là ! dit Adriana. Les gens sont si petits, on croirait voir un monde en miniature !

Il embrassa du regard ce qu'elle contemplait : l'enfilade de toits aux tuiles rouges en vif contraste avec la blancheur des maisons, les couleurs vibrantes des jardins, les à-pics des gorges montagneuses. En vingt minutes, ils atteignirent le sommet.

— On pourrait d'abord voir l'église du coin.

Il pensait que l'endroit plairait à Adriana, mais il avait aussi besoin de faire durer la promenade. Il ne voulait pas la ramener à la villa avant la tombée du jour.

Ils empruntèrent les chemins qui serpentaient entre des haies vertes, parvinrent devant l'église.

— Je ne l'imaginais pas du tout comme ça, dit-elle.

Le bâtiment, nanti d'un important fronton baroque, avait des murs blancs soulignés de noir, de larges fenêtres.

— Il y avait ici, à l'origine, une chapelle bâtie en 1470 par un certain Adam et sa sœur jumelle Eva, les deux premiers-nés sur l'île. Cette église-ci date de 1741, elle a été en partie détruite par un tremblement de terre, puis rebâtie et consacrée en 1818.

— Tu as d'autres informations ?

Il désigna l'escalier qui menait à l'église.

— Il y a soixante-quatorze marches.

— Tu l'as inventé ?

— Pas du tout, fit-il en souriant jusqu'aux oreilles. On fait le pari ? Si j'ai raison, j'obtiens le droit de t'embrasser chaque fois que je voudrai.

— C'est un pari gagnant-gagnant, alors, répliqua-t-elle.

Et, lorsqu'il acheva victorieusement le compte des marches en exagérant comiquement son « triomphe », elle piqua un fou rire. Un instant, ils contemplèrent le bâtiment, puis ils se décidèrent à visiter l'intérieur.

— Je crois deviner qu'il y a beaucoup de choses à voir et que tu les connais par cœur, dit Adriana.

— Exact. Le roi Charles, dernier empereur d'Autriche, y est enterré. Il avait été exilé ici, où il est mort à trente-quatre ans.

Ils entrèrent, firent le tour de l'intérieur, très orné, et s'attardèrent devant une statue de la Vierge dans une châsse d'argent.

— D'après la légende, dit Rob, cette statue a été découverte là où la Vierge était apparue à une bergère il y a des siècles, et de nombreux miracles ont eu lieu grâce à elle. Elle fait l'objet d'un important pèlerinage annuel, le 15 août, qui est aussi l'occasion d'une grande kermesse. Certains pèlerins gravissent l'escalier extérieur à genoux.

Cette fois, Adriana le regarda d'un air intrigué.

— C'est très intéressant, mais pourquoi t'es-tu donné la peine de réunir tant de renseignements ? Pourquoi ai-je l'impression que quelque chose m'échappe et que tu sais ce dont il s'agit ?

— Je n'en ai pas la moindre idée, dit tranquillement Rob, qui pourtant consultait sa montre et révisait en pensée les préparatifs prévus. Si on allait aux toboggans pour la descente ?

Comme ils sortaient de l'église et se réengageaient dans le chemin, il s'avisa qu'il était à l'aise avec Adriana. Leurs silences n'étaient pas gênés mais complices. Ils étaient contents de marcher en se tenant par la main, en savourant le soleil et le paysage.

Tandis qu'ils faisaient la queue pour la descente en toboggan, elle demanda :

— Tu sais tout sur ça aussi ?

— Certainement. Je voulais que cette journée soit… spéciale.

— Merci, dit-elle en se haussant sur la pointe des pieds pour l'embrasser sur la joue. Fais-moi part de ton savoir, alors.

— Ces « toboggans » sont des sortes de petits chars en osier et bois d'eucalyptus, montés sur patins graissés avec du suif, menés à pied depuis l'arrière, à l'aide de cordes, par deux « conducteurs » vêtus de blanc et chaussés de brodequins à semelles spéciales.

— Ils vont vite ?

— À près de 50 kilomètres-heure. Alors, la descente devrait être grisante.

Ils grimpèrent à leur tour dans un « panier » et le départ eut lieu, les deux conducteurs pilotant le char avec habileté. La descente en piqué était jubilatoire, en effet, tandis qu'ils filaient et faisaient des embardées, cramponnés à leur siège, et que le paysage défilait à toute allure.

— Il va falloir qu'ils s'arrêtent au croisement ! Mais comment ?

— C'est là que les chaussures spéciales entrent en jeu, j'imagine, ça les aide à freiner, dit Rob, alors que le véhicule, étonnamment, faisait halte en douceur et sans à-coups.

— C'était génial, dit Adriana.

Et en voyant son sourire, le geste gracieux avec lequel elle renvoyait ses cheveux en arrière, il eut un frisson d'anticipation en songeant à la soirée à venir.

Avant cela, il l'emmena à travers les rues pavées de la ville dans un petit restaurant, où ils mangèrent des spaghettis au chorizo, puis ils se réfugièrent dans un café proche de la cathédrale, où, tandis qu'Adriana croquait la façade, il se concentra sur le lancement d'Easel. Enfin, après un rapide coup d'œil à sa montre et un ultime échange de SMS pour s'assurer que tout était en place, il chercha le regard d'Adriana.

— Prête à rentrer ?

— Bien sûr, dit-elle, souriante. C'était une journée très agréable.

— Pour moi aussi.

Et c'était vrai.

Un signal d'alarme se mit à tinter dans son esprit, mais il refusa de l'écouter. Il n'y avait pas lieu de s'alarmer. Adriana et lui étaient venus à Madère pour s'assurer qu'ils pouvaient s'entendre, qu'ils se plaisaient assez pour s'engager dans un mariage. Alors, s'ils aimaient être ensemble et étaient attirés l'un par l'autre, c'était parfait. Conforme aux critères d'une union de convenance. Et il pouvait être rassuré, ses sentiments pour Adriana n'avaient rien à voir avec ce qu'il avait ressenti avec Emily. Il n'y avait pas de souffrance, de peur de perdre l'être aimé, d'accès de jalousie, d'interrogations sur la meilleure façon de distraire sa compagne et lui faire plaisir.

— En route ! dit-il, le sourire aux lèvres en anticipant la réaction d'Adriana à leur retour.

Sur le chemin du retour, Adriana jeta maints coups d'œil sur Rob en se demandant à quoi il pensait. Il ne le lui dirait pas, mais elle savait qu'il n'y avait pas lieu de s'inquiéter. Ils partageaient leurs secrets à présent, ils se confiaient l'un à l'autre, et c'était réconfortant. Elle se laissa donc aller en regardant défiler le paysage.

À leur arrivée, elle sentit en descendant de voiture qu'il y avait quelque chose de changé. Elle suivit Rob à l'intérieur, ne vit rien d'inhabituel. Mais quand il traversa la vaste pièce à vivre et fit jouer les portes coulissantes donnant sur le patio elle laissa échapper un cri de surprise.

L'espace était métamorphosé. Une cascade de lumières féeriques projetait des jeux d'ombre et de lumière sur le carrelage en mosaïque, les plantes en pot, les frondaisons des arbres proches, et jusqu'au bleu foncé des vagues en contrebas. Un assemblage de fleurs colorées et odorantes ornait la table ronde recouverte d'une nappe damassée et répandait sa senteur – un parfum qui se graverait dans sa mémoire avec cette symphonie de couleurs et de lumières. Il y avait du champagne dans un rafraîchisseur et des plats en argent avec couvercle, artistement disposés.

— C'est beau, souffla-t-elle en s'asseyant sur la chaise qu'il lui avançait.

Elle remarqua alors près de son assiette un long paquet rectangulaire joliment enveloppé de papier doré et d'un ruban.

— C'est pour toi.

— Pour moi ? Merci, dit-elle en défaisant l'emballage.

Elle découvrit une boîte de crayons d'artiste, l'une des toutes meilleures marques.

— J'ai un peu triché, avoua en souriant Rob, j'ai demandé conseil à Isabella. Regarde à l'intérieur.

Elle souleva le couvercle et se figea.

Un écrin était niché parmi les crayons. Elle l'ouvrit avec des doigts tremblants, considéra avec son âme d'artiste la bague qu'il contenait, dont les couleurs faisaient écho à celles du centre de table.

Ce détail, étrangement, lui mit les larmes aux yeux.

— Adriana Morrison, veux-tu m'épouser ?

Incapable d'émettre un son, elle hocha la tête en souriant faiblement, et Rob, délicatement, lui passa la bague au doigt.

— Je te promets de toujours veiller à ce que notre mariage soit heureux, dit-il.

Il avait parlé avec conviction, et pourtant, tout au fond d'elle, elle ressentit une vague tristesse... Qu'elle s'empressa de refouler.

Elle n'avait aucune raison d'être triste. Elle avait su dès le départ que leur union serait un arrangement assorti d'un accord prénuptial. Cela ne signifiait pas qu'ils ne puissent pas bâtir une vie de couple réussie. Une union qui sauverait Salvington *et* qui lui apporterait une vie heureuse. Avec un homme qu'elle appréciait, respectait et désirait. C'était suffisant. N'est-ce pas ?

— Je te le promets aussi, dit-elle.

— Nous avons un assortiment de tapas, reprit Rob, je les ai commandées en double, comme ça le partage sera équitable.

Cette fois, elle sourit franchement alors qu'il soulevait les couvercles et lui détaillait les délicieuses préparations locales : salade de poulpe et pommes de terre à l'ail et au paprika, huîtres, beignets de haricots verts, gambas sautées avec une sauce spéciale au whisky, porto, ail et poivron doux. Il ouvrit du champagne, et tandis qu'ils dînaient le crépuscule céda la place à la nuit.

Elle glissait par instants un regard à sa bague de fiançailles, qui scintillait au clair de lune. Celle-ci semblait lui envoyer un message :

« C'est suffisant. Sois contente. »

15.

Une semaine plus tard

Rob regarda autour de lui son appartement de Darrow.

La présence d'Adriana se révélait partout, subtil rappel du fait qu'elle faisait désormais partie de sa vie sur le domaine : une barrette qui traînait, un papier titré « Choses à faire » – celles qu'elle voulait régler avant l'annonce de leur fête de fiançailles.

Ils avaient décidé de donner une petite soirée à Darrow même. Le mariage serait un événement en grande pompe, mais ils voulaient des fiançailles discrètes, rien qu'avec la famille et les amis proches. D'autant qu'Adriana voulait se marier le plus tôt possible. Si son père restait dans un état stable, il ne se remettait pas aussi vite que les médecins l'auraient pensé, il semblait fragile, à plat, même si la nouvelle de leurs fiançailles avait déclenché chez lui une réaction nettement positive. Adriana espérait que l'annonce officielle la renforcerait.

Rob laissa errer son regard sur la liste des « choses à faire », ce qui lui rappela sa propre liste.

Il devait s'occuper de l'accord prénuptial, qu'il ne cessait de reporter sans bien savoir pourquoi. Il était important de veiller à ce qu'Adriana ne puisse pas obtenir la garde exclusive de son héritier, du moment qu'elle était elle aussi protégée, comme ils en étaient convenus. Pourtant, il procrastinait… Et il devait aussi prendre rendez-vous pour un bilan de santé, comme convenu entre eux.

Il venait de remettre son mobile dans sa poche lorsqu'on frappa à la porte. Levant les yeux, il vit Adriana et se leva d'un bond, un sourire radieux aux lèvres – ce qu'il savait un peu ridicule puisqu'il l'avait quittée seulement la veille.

— On devait se voir ? demanda-t-il.

— Non, et je ne suis pas venue m'assurer de l'avancement des choses à faire, dit-elle en souriant jusqu'aux oreilles alors qu'il risquait vers la liste un regard coupable. Je suis venue avec un pique-nique. Je voudrais bien que tu me fasses visiter Darrow, puisque je dois t'aider à le gérer.

— D'accord. Tu ne voudrais pas voir le régisseur ou…

— Non, je veux que tu sois mon guide.

Il la dévisagea, croyant deviner qu'elle avait un motif caché pour lui faire cette requête.

— Emmène-moi dans ton lieu préféré. Nous pourrons y pique-niquer. Et ensuite j'aimerais si possible voir les bois. Il fait beau, après tout.

La journée était belle, en effet. Le soleil brillait, et l'odeur de l'herbe fraîchement tondue flottait dans l'air tandis qu'ils marchaient le long des champs labourés puis des bois. En répondant aux questions d'Adriana sur l'agriculture, en discutant des méthodes écologiques, il s'étonna d'éprouver un orgueil contenu, une fierté pour ses terres.

— Tu pourrais réaliser des tas de choses ici, dit-elle. Créer une réserve naturelle, il y a des subventions pour ça. Et démarrer un marché fermier puisque tu peux produire des fruits et des légumes. Il serait peut-être même bien de réserver un jour un secteur au public, avec un parc de jeux et une petite ferme animalière pour les enfants, des promenades à dos de poney… Mais pour le moment j'ai envie de faire autre chose.

— Quoi donc ?

— Grimper à cet arbre, là-bas. Et tu pourrais escalader celui d'à côté. Qu'en dis-tu ?

— Tu veux grimper aux arbres ?

— Oui. Je te l'ai déjà raconté, quand j'étais petite, je passais des heures à Salvington à grimper aux arbres, à construire des cabanes… Tout ce dont on vient de parler est important, mais forger un lien avec le domaine l'est aussi. Alors, j'ai pensé qu'aujourd'hui on pourrait commencer par ça. Parce que je désire aimer Darrow. Et je voudrais que nos enfants se sentent attachés à leur terre. Seulement, j'aimerais qu'on le leur apprenne sans qu'ils se sentent accablés par les responsabilités, comme on l'a fait avec toi. Pour enseigner l'amour du domaine, il faut d'abord l'aimer, non ? Est-ce que je me suis bien expliquée, ou tu trouves ça absurde ?

— Non, c'est sensé. Voyons, qu'est-ce qu'il y a ? dit-il en la voyant plisser le front.

— Je ne voudrais pas que tu croies que je dévalorise ce dont nous avons discuté, les méthodes d'agriculture et le reste. Ce sont les fondements de la gestion d'un domaine, et ton père a eu raison de t'y former. J'ai beaucoup à apprendre de ce côté-là.

— Tu ne dévalorises pas quoi que ce soit. Tu dis que ton attachement à ta terre te pousse à t'en occuper au mieux. J'ai le même genre de lien avec Easel, parce que je l'ai créée, que ça m'a donné du mal, et je ferai maintenant tout mon possible pour la mener loin.

— Oui, et je suis convaincue que tu peux éprouver la même chose pour Darrow.

— Je veux bien essayer.

En la voyant quitter son air grave pour sourire, il eut l'impression que quelque chose lui étreignait le cœur.

— Allons-y, continua-t-il. À qui montera le plus haut !

Tandis qu'il grimpait, choisissant les branches qui supporteraient son poids, se fiant à son instinct, il éprouva une jubilation soudaine, proche de ce qu'il ressentait en patinant, et lorsqu'il fut parvenu aussi haut que possible et regarda en contrebas il eut envie de crier qu'il était le roi. Il vit Adriana, assise sur une solide branche de l'arbre le plus proche, balançant les jambes tout en se retenant au tronc.

— C'est fantastique, dit-il.

— N'est-ce pas ? Je passais des heures dans mon arbre favori, avec un livre et de quoi grignoter. Quand on aura des enfants, on pourra leur bâtir une maison dans les arbres. C'était un de mes rêves. Mon père ne m'a jamais aidée à le réaliser, mais j'adorerais le faire pour nos enfants.

— Marché conclu, dit-il, sensible à son intonation nostalgique, avec la vision d'Adriana et lui en train d'aider un garçonnet et une petite fille déterminée à assembler des rondins. Je te promets d'être un meilleur père que le mien ou le tien, continua-t-il. Même si ce n'est pas placer la barre très haut. Disons plutôt que je serai le meilleur père du monde !

— Je suis sûre que tu le seras.

— Comment va ton père, au fait ?

— Il se maintient, mais il reste fragile, soupira Adriana. Je crois qu'il est content de notre mariage, mais je sais qu'il préférerait que ce soit Stella. Il refuse toujours de la voir. Donc, elle ne sera pas présente à la soirée de fiançailles.

Elle eut un nouveau soupir, puis secoua la tête comme pour chasser toute pensée sur sa famille.

— Bon, où va-t-on pique-niquer ?

— Il y a une rivière dans les parages. On mangera près du rivage, et ensuite on fera un peu de canotage.

— Super.

Ce fut un moment de grâce. Pourtant, pendant un bref instant, il avait eu comme un pressentiment. Mais pourquoi ? Car, enfin, il avait tout ! Il avait trouvé l'épouse idéale pour un mariage de convenance.

Au fait, s'il n'abordait pas le sujet à présent, il ne le ferait jamais. Il laisserait son rêve d'une famille idéale prendre le pouvoir sur le réel. Ils allaient signer un accord prénuptial, et alors ? Cela ne les empêcherait pas de construire des maisons dans les arbres ni d'être heureux en famille.

— Pendant que j'y pense, il faut qu'on s'occupe des dispositions légales avant l'annonce des fiançailles. De l'accord prénuptial, par exemple, se força-t-il à achever.

Ce fut comme si un nuage venait obscurcir le soleil, et en descendant de l'arbre il sentit qu'une partie de la magie de la journée s'était dissipée.

Rob regardait fixement le médecin qui venait de lui annoncer de façon impersonnelle la nouvelle dévastatrice. Il avait reçu un coup brutal, et la douleur se répandit dans tout son être.

— Je vois, fit-il dans une sorte de croassement.

— Je suis navré, monsieur Wilmington. Mais tout n'est pas noir. Comme je le disais…

— Je comprends très bien la situation, coupa-t-il : j'ai trop peu de spermatozoïdes, concevoir un enfant risque d'être long, et il y a des traitements possibles mais sans garantie.

Il sentait monter une colère qui ne lui ressemblait pas. Il avait envie de renverser le bureau, de secouer ce médecin comme un prunier. Mais il s'en garda, bien sûr. Cet homme n'était responsable de rien.

— Merci. Je reprendrai contact.

Il fit appel à toute sa volonté pour se lever et quitter le cabinet d'un pas normal, mais dès qu'il fut dans la rue il pressa l'allure, l'esprit en tumulte, cherchant en vain une solution et refoulant l'affreuse certitude qu'il n'y en avait aucune, qu'il lui était à présent impossible d'épouser Adriana.

Sa réaction était exacerbée, c'était indéniable. Il se sentait mal, sur le point de vomir… Bon, c'était logique : il découvrait que sa situation était une répétition de celle de ses parents. Il lui serait sans doute compliqué d'avoir un héritier, et s'il échouait c'en serait fini de la lignée des Darrow. Pourtant, ces faits lui semblaient dénués d'impact. Il ne pensait qu'à la conséquence immédiate : il ne pourrait pas épouser Adriana.

Il tenta de se concentrer sur le côté positif : au moins, il avait fait cette découverte avant le mariage, avant que les préparatifs soient lancés. Mais ce n'était guère un baume à sa douleur.

Il ne pouvait pas se marier avec Adriana.

Cette pensée obscurcissait tout, lui causait une souffrance intense qu'il semblait incapable de juguler.

Il se força à s'arrêter, vit qu'il était devant un café et se fit violence pour y entrer, dans l'espoir qu'une dose de caféine lui permettrait de rassembler ses idées, d'aller au-delà de la phrase qui résonnait dans sa tête :

« Je ne peux pas épouser Adriana. »

Il ressortit avec son gobelet et se remit à marcher sans voir la foule londonienne qui envahissait les trottoirs.

Pourquoi était-il aussi bouleversé ? Ce n'était tout de même pas la fin du monde. Quand Stella s'était dégagée de sa promesse, il n'y avait vu tout au plus qu'une agaçante contrariété.

La conversation qu'il avait eue avec Adriana lui revint en mémoire.

— Tu avais des sentiments pour elle ?

— Je l'aimais bien, mais ce qu'il y a de beau dans une union de convenance, c'est qu'il s'agit avant tout d'un arrangement. Alors, je suis contrarié comme je le serais si une transaction venait d'échouer. C'est un…

— Un désagrément ? Et tu vas chercher sans délai une nouvelle partenaire ?

— Oui.

Ces paroles venaient le railler, à présent, car ceci n'était pas un désagrément, c'était… dévastateur de savoir qu'il n'avait plus d'avenir avec Adriana. Des images jaillissaient dans son esprit – son sourire, la caresse de ses cheveux sur son torse nu, l'enlacement de ses bras… Il revivait leurs échanges, son geste pour chasser sa frange, son léger froncement de sourcils, son rire contagieux, sa senteur… La vie qu'ils avaient projetée ensemble avec beaucoup d'enfants.

Terminé, tout ça.

Une coulée lui échauda la main, et il se rendit compte qu'il avait écrasé le gobelet de café sans y prendre garde.

C'en était assez ! Il devait recouvrer son empire sur lui-même et admettre enfin que, d'une façon ou d'une autre, l'impensable s'était produit : il aimait Adriana.

Et c'était sans remède, car il se remémorait aussi d'autres propos.

J'aime Salvington. Pour moi, ça vaut la peine de courir ce risque. Je veux que mes enfants aient une chance d'explorer le domaine et les lieux que j'ai arpentés enfant. Je veux que

Salvington reste dans la famille Morrison, le voir croître et prospérer. Je ferai tout pour que ça se concrétise.

C'était ce qu'il y avait de plus important pour elle. Sauver le domaine auquel elle était si attachée. Alors, ce qu'il pouvait faire de mieux pour celle qu'il aimait était de la dégager de sa promesse et de lui taire son amour pour elle.

Car cela la déchirerait. Elle aurait de la compassion pour lui à cause de ses problèmes de fertilité. Si en plus elle savait ce qu'il ressentait pour elle, sa compassion n'en serait que plus vive, elle la placerait dans une situation conflictuelle.

Mais si Adriana avait de l'amour pour lui, elle aussi ? se dit-il malgré lui.

Non, même alors, ça ne pourrait pas marcher. Il ne la laisserait pas donner à un sentiment aussi fugace la priorité sur ce qui comptait le plus pour elle. Il ne permettrait pas que leur union devienne un écho de celle de ses parents.

Il serra les poings.

La situation devenait plus sombre encore alors qu'il prenait la mesure de ce qu'elle signifiait : ne plus jamais embrasser Adriana, ne plus s'éveiller près d'elle, ne plus la voir…

Elle l'épousait pour avoir un héritier, sauver Salvington. C'était la seule raison qui l'avait poussée à envisager ce mariage avec lui. Amour ou pas, sans cette clé de voûte, tout l'édifice s'effondrait, telle était la rude vérité.

Il devait la retrouver dans une demi-heure pour discuter de l'accord prénuptial. Ô ironie ! Ce n'était plus nécessaire. Il savait ce qu'il lui restait à faire, et il le ferait. Il accomplirait son devoir en homme. Pour Adriana, il agirait comme il le fallait.

Adriana entra dans l'appartement londonien de Rob. Elle n'y était encore jamais venue, mais il avait tenu à lui en fournir la clé. Pour le cas où elle aurait eu des courses à faire à Londres et besoin d'un coin tranquille pour faire une pause thé. En pénétrant dans la pièce à vivre, elle vit que Rob était là, à son bureau.

— Rob ?

Il se retourna, et elle s'immobilisa en voyant sa mine.

Il avait l'air… dur, une expression fermée, les lèvres contractées. Comme s'il s'apprêtait à une tâche déplaisante. L'accord prénuptial était un sujet sensible, mais tout de même !

— Qu'est-ce qui ne va pas ?

Elle avança mains ouvertes alors qu'il se levait, l'air et le maintien distants, le corps tendu. Il lui désigna un fauteuil d'un geste maladroit, comme s'il avait du mal à diriger son bras.

Elle s'assit, les mains crispées sur les genoux, et attendit.

— Il n'y a pas de bonne façon de t'annoncer ça. Notre accord est caduc. Je ne peux pas t'épouser.

Elle accusa le coup, assommée.

— Mais pourquoi ?

— J'ai effectué un bilan de santé complet, comme j'avais dit que nous devrions le faire avant le mariage.

La panique monta en elle tandis que des scénarios de cauchemar se présentaient à son esprit.

— Il s'avère que j'ai très peu de spermatozoïdes.

Sa première réaction fut le soulagement : Rob n'était pas frappé d'une maladie qui menaçait sa vie, il n'était pas près de mourir ! Puis elle saisit la suite de ce qu'il venait de dire.

« Très peu de spermatozoïdes. »

Le fait brut s'imposa à elle, et telle une rangée de dominos balayée par la chute du premier tout le reste s'écroula : les espoirs et les rêves, les projets de fiançailles, les préparatifs de mariage.

Désespérément, elle tenta de retourner la situation.

— Mais cela ne signifie pas qu'il t'est impossible d'avoir un enfant. Qu'il nous est impossible d'avoir un enfant.

— Non. Mais il est improbable que ça se produise rapidement. Et pour toi le temps est essentiel. Tu m'as dit que ton père se remet moins vite que prévu. Alors, en toute logique, il n'y a pas d'autre choix que d'annuler le mariage. Dissoudre ce partenariat.

— Sans discussion ?

— Il n'y a rien à discuter.

— Si, il doit bien y avoir quelque chose. Comment peux-tu rester assis là comme ça et parler de logique ? Cela t'est donc indifférent ?

Il accusa le coup, et elle se leva, fit un pas vers lui.

— C'est de moi, de nous qu'il s'agit. Nous avions des projets d'avenir ! Tu dois bien ressentir quelque chose, il ne s'agit pas d'un désagrément, là. Rob, je t'en prie ! Je ne suis pas tes parents. Tu n'as pas à montrer que tu es un homme et ne penser qu'au comté.

Enfin, le corps de Rob se relâcha un peu, l'effroyable tension perdit de son emprise, et il se leva aussi.

— Non, cela ne m'est pas indifférent, Adriana, au contraire. Ce n'est pas le comté qui me préoccupe. Je pense à toi, à nous, dit-il en lui prenant les mains – et elle eut l'horrible certitude qu'il faisait ce geste pour la dernière fois, qu'elle n'aurait plus jamais droit à ce contact. Oui, nous avions des projets. Et ils reposaient sur la fondation d'une famille. Si tu voulais ce mariage, c'était pour avoir la chance de mettre un fils au monde. Pour sauver Salvington.

Seigneur ! Il avait raison.

Ce fut avec douceur qu'il continua.

— Tu t'es dite prête à tout pour préserver ton foyer, tu m'as parlé de ce que tu ressentirais si tu ne tentais pas tout ce qui était en ton pouvoir pour sauver le domaine, de ce que tu ressentirais s'il était attaqué par des pelleteuses. J'ai pensé à tout ça. J'ai imaginé que nous étions mariés, que nous tentions de faire un enfant alors que la santé de ton père était dans la balance. Ce n'est pas à lui que je pensais, mais à toi. À l'effet que ça aurait sur toi. Sur nous. Je ne supporterais pas de te voir malheureuse et d'en être la cause. Je ne veux pas que notre mariage tourne comme celui de tes parents ou des miens.

Elle se mordit la lèvre.

Que faire, en ce qui concernait son père et Salvington ? Et surtout que devenait Rob dans tout ça ? Qu'avait-il pu ressentir à une pareille nouvelle ?

— Et toi ? fit-elle. Je ne t'abandonnerai pas parce que tu…

— Si, tu le peux. Ce n'est pas une désertion. Notre mariage devait être profitable à chacun de nous, c'était son but. Or, je ne peux pas te donner ce dont tu as besoin.

— Mais…, commença-t-elle.

Puis elle eut une inspiration.

Elle commençait à prendre la pleine mesure de la situation, et elle pouvait à peine imaginer ce que Rob devait ressentir, lui qui avait grandi dans l'idée que son devoir était d'assurer une descendance. Ce n'était plus chose acquise, et le poids de ses responsabilités était sans doute encore plus lourd qu'avant. L'angoisse de l'échec.

— Mettons un instant notre mariage de côté. Tu as pris un sacré coup. Tu dois être sous le choc.

— Ce sont des choses qui arrivent. Il y a une chance que je puisse avoir un enfant, mais probablement pas une grande famille, à moins d'un traitement providentiel…

La voix de Rob flancha un peu, et elle sut qu'il avait mal. Il n'aurait probablement qu'un enfant unique, comme il l'avait été lui-même. Un enfant qui porterait seul le fardeau des attentes familiales.

Il recula, et elle vit qu'il se retranchait en lui-même.

— Mais c'est à moi de gérer ça, conclut-il.

Avec une autre femme, songea-t-elle.

Cette pensée lui coupa le souffle. Une douleur intense, viscérale, la fouailla.

Assez ! Elle ne devrait pas ressentir un tel chagrin. C'était cela le principe de leur arrangement : il n'y avait pas de raison de souffrir. N'en avaient-ils pas discuté quelques semaines auparavant ?

Oui, mais c'était auparavant, justement. Avant qu'ils en soient venus à se connaître, avant que lui soient devenus familiers le sourire de Rob, son sens aigu du devoir que contrebalançaient son humour et son don pour la faire rire. Avant qu'elle découvre qu'il se souciait d'elle, avant qu'elle se confie à lui au sujet de Steve, de la peinture, du traitement que son père lui avait réservé dès l'enfance. Avant que Rob lui fasse confiance, qu'ils grimpent aux arbres ensemble, qu'ils dévalent une pente en toboggan. Avant qu'ils fassent l'amour et qu'elle s'habitue à être près de lui au réveil…

Un mot arrêta le cours fluctuant de ses pensées, un mot tabou. *Amour.* Ils avaient fait l'amour parce qu'elle aimait Rob. Elle était éprise de lui corps et âme. Oui, elle l'aimait !

Cette prise de conscience la figea.

Comment cela avait-il pu arriver ? Comment l'avait-elle laissé trouver le chemin de son cœur ? Elle avait été si sûre que l'amour n'entrait pas dans l'équation, si sûre d'être immunisée ! Car elle n'avait sollicité Rob que pour sauver Salvington… Ou alors c'était faux. Le béguin qu'elle avait eu pour lui autrefois ne s'était jamais résorbé. C'était peut-être encore ça : une sorte de ridicule toquade d'adolescente.

Oh ! mon Dieu ! Elle devait lui cacher à tout prix sa découverte.

Le cœur douloureux, elle enleva les barrettes que Rob lui avait données et que, depuis, elle portait comme un talisman. Elle ne voulait pas qu'il lise dans son regard, elle ne supporterait pas sa pitié s'il devinait ses sentiments. Car il la prendrait en pitié s'il savait ce qu'elle éprouvait. Il avait aimé Emily sans être payé de retour. Cependant, il avait été dupé, alors qu'elle-même n'avait jamais été en situation de se faire des illusions. Rob ne lui avait jamais menti. Il avait clairement signifié que l'amour n'entrait pour rien dans leur démarche.

D'ailleurs, elle en avait été si sûre aussi au départ que, durant un bref instant de délire, elle se demanda s'il n'avait pas pu changer comme elle et tomber amoureux d'elle.

Elle faillit céder à l'impulsion de lui révéler la vérité, qu'elle l'aimait. Mais les mots ne vinrent pas. Le risque de subir une humiliation était trop grand. Car, si Rob l'aimait, pourquoi ne le lui aurait-il pas dit ? Rien dans son attitude, son regard, ses paroles n'indiquait autre chose que la simple annulation d'un accord d'affaires.

Elle avait cependant besoin de lui donner une petite chance, la possibilité de lui dire s'il avait des sentiments pour elle.

— C'est à toi de gérer ça, dit-elle, reprenant ses termes. Avec une autre femme. Cela te sera facile.

Elle aurait juré qu'il avait tressailli, néanmoins ce fut avec calme qu'il secoua la tête.

— Non, ce n'est pas facile, je te le jure. Cependant, oui, il faudra que j'épouse quelqu'un.

— Dans un peu de temps, c'est ça ? Dans un mois ? Trois mois ?

Elle perçut l'amertume de son intonation et sut qu'elle devait opérer une retraite. Sa fierté lui interdisait de révéler son amour. Il valait mieux qu'elle garde sa douleur pour elle, panse ses blessures en privé. D'ailleurs, Rob n'était pas en faute, et pour le moment il avait bien assez de malheur à encaisser. Elle se ressaisit donc.

— Je suis navrée, Rob. Je ne sais vraiment plus que dire. Mais je suis sûre que tu finiras par trouver une solution, que le traitement réussira ou que tu auras de la chance. Quelle que soit la personne que tu épouses.

Il lui en avait coûté de prononcer ces mots, et elle vit passer comme une ombre dans le regard de Rob. Un peu de chagrin sans doute.

— Je ne voulais pas que ça tourne ainsi. Je suis tellement désolé de ne pas pouvoir faire ce qu'il faut pour toi et tenir mon engagement ! Bien plus que je ne peux le dire.

Elle perçut sa sincérité et sentit qu'elle allait d'une minute à l'autre soit fondre en larmes, soit se jeter dans ses bras.

Au lieu de cela, elle retira sa bague de fiançailles pour la poser sur le meuble le plus proche.

— Adieu, Rob. Merci pour ces semaines passées ensemble. Merci pour… pour tout. J'espère que ça s'arrangera pour toi.

Elle déglutit, se retourna et quitta les lieux.

Adriana cliqua sur le lien de visioconférence, et peu après le visage familier de sa sœur apparut sur l'écran.

Stella semblait fatiguée, mais cela n'altérait pas sa beauté. Elle eut un sourire timide, l'observa d'un air inquiet.

— Ria, que s'est-il passé ?

— Nous avons tout annulé, Rob et moi.

— Pourquoi ? Tu te sentais incapable d'une union de convenance ? C'est compréhensible.

— Peu importe pourquoi. Je n'ai pas envie d'en parler.

Adriana ne tenait vraiment pas à s'épancher sur son malheur. Elle tentait de se concentrer sur la gestion du domaine durant le jour et de peindre et dessiner durant la nuit. Mais elle constatait avec horreur que la pensée de Rob l'obsédait. Elle s'était même surprise à esquisser un portrait de lui au fusain avant d'y renoncer.

— Je préférerais avoir de tes nouvelles, continua-t-elle. Comment te sens-tu ? As-tu décidé quoi faire ?

— Non, dit Stella avec un faible rire. Je sais seulement que je veux ce bébé et que, à chaque jour qui passe, je l'aime de plus en plus.

Elle eut un bref temps d'arrêt, puis :

— Oh ! Ria, pardon. Pourquoi ai-je dit ça ?

— Il n'y a pas de problème.

C'était un pieux mensonge. Elle était heureuse pour Stella, vraiment, mais elle pensait à Rob, à ce qu'il avait dû ressentir quand le spécialiste lui avait annoncé qu'il ne pourrait peut-être pas avoir d'enfants, et son cœur se serrait.

— Si, il y en a un, c'est clair. Crains-tu de ne pas pouvoir avoir d'enfants ? C'est pour ça que tu as rompu avec Rob ?

— Non ! s'écria-t-elle.

Mais la supposition de sa sœur enclencha une suite de réflexions dans son esprit : si elle avait découvert qu'elle aurait de grandes difficultés à tomber enceinte, comment aurait-elle réagi ? Elle aurait annulé le mariage, exactement comme Rob. Elle aurait su que dans cette situation leur union était vouée à l'échec.

— Alors, que s'est-il passé ? Parle, s'il te plaît ! Parce que j'ai l'impression que tout est ma faute. Si tu as tout annulé, tu n'as pas à te sentir mal pour ça. Tu ne devrais pas avoir à te prêter à un mariage de convenance ni à te sacrifier pour Salvington, je te le répète.

À ces mots de sa sœur, ce fut comme si quelque chose s'éclairait soudain dans son esprit.

— Je le sais, Stella, dit-elle. Et je sais que tu veux ce qu'il y a de mieux pour moi. Je me réjouis sincèrement pour toi, et je suis sûre que tu seras une merveilleuse mère, que tu élèves ton enfant seule ou avec son père. Mais tu viens de me faire comprendre quelque chose d'important. Je n'ai pas le temps de t'expliquer. Il faut que j'agisse tout de suite.

Rob dévisagea ses parents d'un air sidéré.

— Vous voulez que je fasse *quoi* ?

Son père lui opposa un regard aussi noir que le sien.

— Tu as très bien entendu. Ta mère t'a arrangé un rendez-vous avec Lady Eleanor.

— Et pourquoi ça ?

Lady Cecilia eut la bonne grâce de paraître quelque peu mal à l'aise.

— Je me rends compte que c'est aller un peu vite en besogne, mais tes problèmes de fertilité exigent qu'on aille de l'avant. Le processus a été si long et si stressant pour ton père et moi… Je veux que tu t'y mettes le plus tôt possible.

— Et Eleanor ne demande pas mieux que de s'y prêter ?

La comtesse leva les yeux au ciel.

— Eh bien, il faudra bien sûr que tu en discutes avec elle. Mais, mon chéri, c'est toi qui nous as annoncé il y a un mois que tu voulais te marier au plus vite avec une personne convenable. Que tu donnerais un héritier à Darrow et que tu prendrais la direction du domaine. Quand Stella a abandonné, tu es passé à Adriana, et…

Rob ferma brièvement les yeux.

Dieu, qu'il avait été stupide, malavisé, arrogant et prétentieux ! Mais c'était avant Adriana. Avant de découvrir tant de choses grâce à elle.

— C'était différent, dit-il, je ne connaissais pas vraiment

Stella. J'ai appris à connaître Adriana, et je ne peux ni ne veux l'oublier pour passer à quelqu'un d'autre.

Il y eut un silence. Ses parents échangèrent un regard.

— C'est ce que j'étais venu vous dire, continua Rob. Je mets en suspens le projet de mariage. Je vais reprendre la gestion du domaine, et je m'occuperai aussi d'autre chose. Pendant mes deux ans d'absence, j'ai mis sur pied une société qui s'appelle Easel Enterprises, et je suis réellement fier de ce que j'ai accompli. J'espère que… si voulez bien m'écouter pour en savoir plus, vous en serez fiers aussi.

S'étant ainsi lancé, il attendit, les observant tous deux.

— Tu es sûre que ça ne pose pas de problème et que je peux lui rendre visite ? demanda Adriana à sa mère.

Celle-ci hocha la tête.

— Je crois que ça vaut mieux. Il sait tout, et il veut te voir.

— D'accord.

En dépit de son agitation et son inquiétude, Adriana se pencha pour embrasser sa mère.

— Je tiens à te dire merci, maman.

— Pourquoi ?

— Pour tout ce que tu as fait pour moi. Tu m'as toujours aimée, et je regrette que Salvington t'ait rendu la vie si difficile. Je te remercie aussi de tout ce que tu m'avais dit au sujet de mon mariage avec Rob. Je n'avais pas compris sur le coup, mais maintenant oui.

Sa mère lui rendit son étreinte avec ferveur, puis Adriana la quitta et monta voir son père. Elle poussa la porte de sa chambre et entra.

— Père. Comment te sens-tu ?

— Pas trop mal. Ta mère veille sur moi. Plus que je ne le mérite, dit-il en l'observant avec une expression qu'elle ne savait pas interpréter. Je tenais à te parler. C'est bien de ta part d'avoir essayé de te prêter à ce mariage avec Rob Wilmington. Je regrette que ça n'ait pas marché.

— Moi aussi.

Adriana avait anticipé une diatribe coléreuse sur son échec, mais celle-ci ne vint pas. Au contraire, son père eut un soupir.

— Il n'y a pas de problème. Je suis trop las pour être en colère, et je n'ai d'ailleurs pas le droit de l'être… Cette crise cardiaque m'a changé.

— C'est une bonne chose que tu ne sois pas en colère, dit-elle, mais je persiste à penser que tu devrais continuer à te battre. Lutter contre la loi comme tu l'as toujours fait, en usant de ton influence. Et puis… je t'ai apporté quelque chose.

Adriana hésita, saisie de nervosité, même si elle se répétait que l'opinion de son père ne comptait pas, comme le lui avait dit Rob à juste titre. Elle lui tendit une de ses toiles, encadrée, une de ses préférées, qui représentait un paysage boisé du domaine de Salvington.

Son père la prit et l'examina.

— C'est d'une très bonne facture. Qui est le peintr…

Il s'interrompit en voyant la signature au coin du tableau.

— Merci, dit-il simplement.

Elle inclina la tête.

— Je reviendrai te voir bientôt, dit-elle avant de regagner le couloir.

Rob perçut la vibration de son mobile dans sa poche et eut envie de l'ignorer, avant de s'aviser que c'était peut-être Fleur, qui mettait la dernière main au lancement d'Easel Enterprises.

Une excitation contenue frémit en lui.

Sans Adriana, tout semblait avoir une sourdine. Il avait passé des jours à arpenter le domaine, y trouvant une certaine consolation, et il s'était aussi impliqué dans le lancement d'Easel. Pourtant, à l'arrière-fond de son esprit, Adriana était sans cesse présente. Il revoyait son air blessé quand il avait envisagé d'épouser une autre femme. Mais qu'aurait-il pu faire d'autre ? Et que pouvait-il faire à présent, sinon être malheureux sans elle ? Elle lui manquait. C'était une douleur constante qu'il ne savait pas comment soulager.

Sortant son portable de sa poche, il porta les yeux sur l'écran, et son cœur fit un bond.

C'était un message d'Adriana.

Salut, Rob. Pourrais-tu s'il te plaît venir à Salvington dès que tu seras libre ? C'est urgent.

Ne prenant que le temps de répondre : « Je pars », il glissa le téléphone dans sa poche, s'élança vers sa voiture, démarra, et roula vers Salvington aussi vite qu'il était humainement possible.

Il donna un coup de frein en apercevant Adriana debout dans l'allée d'accès, à quelque distance de la demeure.

Il tenta de maîtriser les battements précipités de son cœur et la joie douce-amère qui déferlait en lui alors qu'il se repaissait des moindres détails de la vue qu'elle lui offrait – jean, T-shirt blanc, les barrettes rouges qu'il lui avait données, son sourire timide alors qu'il lui ouvrait la portière et qu'elle montait dans la voiture.

— Est-ce que ça va ?

— Oui. Je pense. J'espère. Merci d'être venu. Je m'excuse de t'avoir amené ici de cette manière, mais je ne savais vraiment pas quoi faire d'autre. Ça ne t'ennuie pas qu'on marche pendant que j'essaie de t'expliquer ?

— Pas du tout, assura-t-il, un sourire fugitif aux lèvres.

C'était si doux d'entendre sa voix !

— Je voulais te faire voir un peu Salvington, dit-elle alors qu'ils se mettaient en route, laissant derrière eux la demeure.

Voulait-elle lui montrer qu'il avait eu raison d'annuler le mariage, lui faire voir ce qu'il avait préservé et l'en remercier d'une certaine façon ?

Il l'ignorait, et cela lui était bien égal. Il était heureux d'être avec elle une dernière fois, heureux de voir qu'elle allait bien. Même si, bien sûr, une petite part de lui était blessée de voir que, s'il avait souffert tous ces derniers jours, elle semblait tout à fait remise.

Mais évidemment il l'aimait. Elle ne l'aimait pas.

Tandis qu'ils marchaient, elle lui montra différents endroits, qu'elle avait explorés dans l'enfance, dessinés, où elle avait vu des oiseaux et d'autres animaux sauvages. Là où elle avait cueilli des champignons, des mûres, où elle avait essayé de pêcher une truite à l'aide d'une ficelle au bout d'un bâton et d'un ver.

Jusqu'au moment où ils parvinrent dans une clairière feuillue.

— Ton arbre favori ? devina-t-il.

— Oui. Et regarde.

Elle l'entraîna un peu plus avant, et il vit qu'elle avait créé sous la vaste étendue des branches une scène bucolique.

Les vertes frondaisons laissaient filtrer le soleil sur une table et deux chaises de jardin. L'endroit était parsemé de pétales de rose. Sur la table nappée de blanc étaient disposés un seau à champagne, deux flûtes et un appétissant plateau de petits fours.

Il s'immobilisa, en pleine confusion.

— Assieds-toi, lui dit-elle, s'il te plaît.

Une fois qu'il eut accédé à la requête, elle s'assit face à lui et posa sur lui ses beaux yeux gris.

— Je t'ai dit qu'il y avait urgence, et c'est le cas. Seulement, je ne sais pas très bien par où commencer. Je vais essayer tout de même. Je tenais à te parler ici, à Salvington, te montrer les lieux qui me sont chers. Car quand je suis venue te trouver après la crise cardiaque de père, que je t'ai dit que le domaine comptait plus que tout à mes yeux, je le pensais vraiment.

— Je l'ai bien compris, je t'assure.

— Mais maintenant ce n'est plus pareil. Parce que, au cours de ces dernières semaines, je suis tombée amoureuse de toi. Et cela change tout.

Il se contenta de la fixer en tentant de saisir pleinement le sens de ses mots, tandis que le bonheur, la joie se répandaient en lui.

Adriana l'aimait ! Il devait parler, dire quelque chose !

Avant qu'il puisse le faire, elle leva la main.

— J'ai besoin de finir. Tu comprends, quand tu m'as rapporté le diagnostic du spécialiste, je n'ai pas pensé une seule seconde à Salvington. Je ne me suis souciée que de toi, de nous. Je voulais être avec toi, te soutenir. Je ne voulais pas te perdre. C'était beaucoup plus important pour moi que Salvington, et tout le reste. Alors je… je tiens à ce que tu le saches.

Il sut qu'il lui fallait parler.

— Adriana, je t'aime !

Peut-être aurait-il dû tourner une jolie phrase au lieu de lâcher ça aussi abruptement, mais il ne supportait pas de la laisser dans l'ignorance une seconde de plus.

— Je t'aime, répéta-t-il. Je t'aime.

Il vit éclore la joie dans son regard, accompagnée d'un soupçon de doute.

— Je t'aime, redit-il encore en lui prenant la main. De tout mon cœur. Je t'aime depuis… je ne sais même pas quand. Lorsque le spécialiste m'a parlé, je n'ai vu qu'une chose : que je ne pouvais plus t'épouser. Et c'est là que mon amour s'est révélé à moi.

— Pourquoi ne m'en as-tu pas fait part ?

— Je ne voulais pas qu'il soit un fardeau pour toi. Je ne voulais pas de ta pitié, ni que tu te sentes tenue envers moi. Je pensais que Salvington avait la priorité à tes yeux…

Il marqua une hésitation puis continua :

— Et comment peux-tu être certaine qu'il n'en va pas ainsi ? Tes sentiments, nos sentiments m'importent trop pour que j'accepte de les voir tourner au vinaigre, te voir malheureuse…

Adriana secoua la tête.

— Je ne le serai pas. Ma perception des choses est plus claire, à présent. J'ai parlé à Stella, et elle supposait que je m'étais désengagée par refus d'une union de convenance. Mais pour moi ce n'est pas un mariage de convenance. Plus maintenant.

— Adriana, je…

— Ma mère m'avait dit de ne pas renoncer à rêver d'amour à cause de Salvington, et elle avait raison. Salvington compte pour moi, et justement, même si ça peut paraître fou, je sens que le domaine ne veut pas que je continue à être malheureuse en son nom. Il y a toujours un combat à mener pour que les lois changent, et je le mènerai. C'est le bon moyen d'aller de l'avant, d'essayer de préserver Salvington. Si nous avons un fils à temps, ou si Stella trouve un mari convenable et qu'ils aient un fils, eh bien, tant mieux. Mais si nous avons un ou plusieurs enfants, quel que soit le moment de leur naissance, je considérerai ça comme une bénédiction. Si nous n'avons pas d'enfants, ou rien que des filles, eh bien, je m'en réjouirai. Cela dit, ce qui compte le plus à mes yeux, c'est d'être avec toi.

Il la fouilla du regard.

— Tu en es sûre ? J'ai espoir d'avoir un enfant un jour avec le temps, mais c'est sans garantie.

— Je le sais, dit Adriana d'un air grave. Et je sais que ce doit être dur pour toi d'accepter ça.

— Oui, ça l'est. Mais pas à cause de Darrow. La vie ne se résume pas à Darrow, ni même à Easel. Tu m'as fait entrevoir la joie de construire une maison dans les arbres, de passer du temps avec nos enfants, de les laisser libres de s'amuser. Ils profiteront du domaine, mais une fois grands ils pourront s'en aller, faire ce qui leur plaira. Si je ne te fais pas d'enfants, eh bien, il nous sera possible d'en adopter. Je sais que les enfants adoptés ne peuvent pas hériter du titre de comte, mais pour ça aussi on peut mener le combat, chercher à changer la loi. Si nous échouons, ça n'empêchera pas nos enfants d'être heureux.

— Je suis d'accord avec toi. Et l'adoption est une idée magnifique. Le plus important, quand même, c'est que nous soyons ensemble, que nous prenions ces décisions ensemble… Si tu veux bien de moi.

Il eut l'impression que son cœur allait éclater de joie. Car dans les paroles d'Adriana il percevait sa sincérité, comme dans les siennes. Contournant la table, il sortit de sa poche, où il l'avait gardée tous ces derniers jours, la bague de fiançailles qu'elle lui avait rendue.

— Acceptes-tu de m'épouser et de faire de moi l'homme le plus heureux du monde ?

— Oui, répondit-elle d'une voix claire.

— Je te promets de t'aimer et de te chérir pendant toute ma vie.

Il lui passa la bague au doigt puis s'assit à côté d'elle, l'enlaçant de son bras.

— Tu m'as changé, Adriana. Tu m'as appris à faire confiance, à bâtir un lien avec mon domaine, à comprendre ce qu'est réellement une famille. Tu as mis de la joie dans ma vie.

— Et toi, tu m'as appris qu'il est possible d'avoir une belle vie en dehors de Salvington. Tu m'as appris à avoir foi en moi, en mon art. Si j'ai envie d'étudier, je peux. Je sais grâce à toi que j'ai une valeur en tant que personne, que je suis l'égale de ma sœur et que je peux devenir comtesse.

— Tu seras la comtesse la plus aimée qui soit, dit-il.

Et tandis qu'ils s'embrassaient et discutaient de leur avenir tout en se partageant le champagne et les petits fours, envisageant un amour éternel et des lendemains de conte de fées, il sut qu'il n'y avait pas au monde d'homme plus heureux que lui.

Retrouvez prochainement,
dans votre collection

AZUR

Les vœux d'Alexandros, de Clare Connelly - N°4587
« Épouse-moi, Alex. » C'est avec une audace insoupçonnée que Tessa propose un mariage d'affaires à Alexandros Zacharidis. Si quatre ans plus tôt cet homme l'a brutalement chassée de sa vie après leur nuit de passion, il est aujourd'hui le seul à pouvoir sauver sa réputation. Qu'importe si ce nabab est incapable d'aimer, leur union platonique restera sans danger. Du moins Tessa le croit-elle avant qu'Alexandros exige qu'elle partage ses nuits et lui donne un héritier !

Pacte avec un époux, de Jadesola James - N°4588
Entre Tobilola, princesse de Gbale, et Akil, héritier de Djoboro, les choses sont parfaitement claires. Le mariage arrangé conclu entre leurs deux puissantes familles est le moyen qu'ils attendaient pour être libres ! Un pacte secret les lie davantage que cette alliance d'un autre âge : dans un an, tous deux divorceront. Si Tobi se réjouit d'abord de cette situation, elle est brusquement confrontée à un obstacle inattendu. Son tout nouvel époux l'attire dangereusement – au point qu'elle enfreint la règle qu'elle s'était fixée de ne pas tomber amoureuse de lui…

Détestable séduction, de Millie Adams - N°4589
Désirer l'homme qu'on déteste : cette étrange sensation, Olive ne la connaît que trop bien ! Chaque fois qu'elle est en présence de Gunnar Magnusson, c'est la même chose, elle hésite entre lui tordre le cou et l'embrasser. Jusqu'au jour où, emportée par la passion, Olive se retrouve dans le lit de son rival en affaires. Une folie dont elle mesure toutes les conséquences lorsqu'elle se découvre enceinte…

L'amant d'un bal, de Bella Mason - N°4590
Ce soir-là, à Melbourne, un somptueux bal masqué est donné. Et pour la timide Emma, qui n'a pas l'habitude des mondanités, c'est un moment féerique ! Alors, quand elle heurte par mégarde un sublime inconnu aux yeux bleus, la magie opère de plus belle. Son cœur s'emballe, ses sens s'éveillent… Le coup de foudre la conduit même à passer la nuit entre les bras de cet homme mystérieux ! Or, dès le lendemain, Emma déchante. Son amant, Alexander Hastings, est un impitoyable homme d'affaires et non pas le prince charmant qu'elle avait imaginé…

Liaison en Écosse, de Cathy Williams - N°4591

Celia dessine des robes de mariée, pièces maîtresses des contes de fées. Hélas, sa dernière création vient d'être abandonnée par une fiancée en fuite. Alors qu'elle se résout à ranger la précieuse étoffe, le futur époux éconduit se présente dans son atelier. Loin d'être anéanti par la désertion de sa promise mais contrarié que ses plans soient perturbés, Leandro exige que Celia l'accompagne à sa place en Écosse. Une escapade aussi imprévue que la passion qui flambe soudain entre eux…

Mystérieuses retrouvailles, de Rachael Stewart - N°4592

Felicity est sous le choc. Revoir Sebastian dans la petite ville où ils ont grandi, chez elle, lui fait l'effet d'un mirage. Seize ans plus tôt, il l'a quittée sans laisser d'adresse, sans lui permettre de le retrouver. Que lui dire aujourd'hui, alors que le temps a creusé un tel fossé entre eux ? Tandis qu'il parcourait le monde sans songer à elle, Felicity chérissait le souvenir de leur idylle à travers leur enfant. Une fille prénommée Angel, dont Sebastian ignore encore l'existence…

Baiser à un Grec, d'Abby Green - N°4593

Un baiser. C'est tout ce que l'innocente Sofie a l'intention de voler au magnifique inconnu endormi dans la chambre d'hôpital où elle travaille. Depuis qu'il a été retrouvé au cœur de la montagne de Gallinvach, il est demeuré inconscient. Seulement voilà, à peine a-t-elle frôlé ses lèvres chaudes et fermes qu'il ouvre les yeux. Ce miracle trouble Sofie au plus haut point. Se pourrait-il que cet homme dont elle ne connaît pas même le nom lui soit destiné ?

Ce lien irrésistible, de Lucy King - N°4594

SÉRIE : *LES FILS PERDUS D'ARGENTINE* - 1/3

Finn est abasourdi. Lui qui a toujours tout contrôlé vient de découvrir qu'il a été adopté. Et il n'est pas au bout de ses surprises, hélas ! Georgie, la sublime avocate avec qui il a connu une brève aventure, est de retour dans sa vie avec une révélation de taille. Leur unique nuit de passion les a liés à jamais : tous deux sont désormais parents !

La souveraine déchue, de Caitlin Crews - N°4595

SÉRIE : *ROYALEMENT SCANDALEUSE* - 2/2

Amalia est encore sous le choc : elle n'est pas la princesse héritière d'Île d'Montagne comme le monde entier le croyait. Alors qu'elle se prépare depuis l'enfance à une vie de devoir, la voilà soudain dans la peau d'une femme ordinaire. Que faire quand on est libre ? Pour trouver une réponse à cette question existentielle, elle s'envole pour Cap Morat, en Espagne. Un paradis chargé du souvenir de la liaison brûlante qu'elle a entretenue avec le ténébreux Joaquin Vargas…

Le secret du Cambodge, de Maisey Yates - N°4596

Le trou noir. Quand elle se réveille après un grave accident, Riot a tout oublié de l'année écoulée. Tout, y compris Kravann Valenti, l'homme à son chevet, qui déclare être son fiancé et le père de son bébé ! Tous deux se seraient rencontrés au Cambodge et, après une fabuleuse liaison, ne se seraient plus quittés. Alors qu'elle n'a aucune raison de douter des paroles de Krav, Riot ne peut se défaire de l'étrange impression d'être flouée… Jusqu'à ce que la vérité éclate…

La fiancée oubliée, de Natalie Anderson - N°4597

Comment Tomas Gallo a-t-il pu l'oublier ? En apprenant que l'arrogant milliardaire a été victime d'un accident de la route et se retrouve désormais amnésique, Zara sent une tristesse inattendue l'envahir. Certes, Tomas et elle n'ont été mariés que vingt-quatre heures – un pur mariage de convenance ayant pour seul but de libérer Zara des griffes de son oncle –, mais les sensations qu'elle a connues entre ses bras sont encore vivaces en elle. Et savoir qu'il ne se rappelle rien la trouble plus que de raison. Aussitôt, une idée folle naît dans son esprit. Et si, en passant une dernière nuit avec Tomas, elle réveillait en lui la mémoire des sens ? Celle qui grave à jamais le souvenir d'une peau, d'un toucher, d'un regard…

VOTRE COLLECTION PRÉFÉRÉE DIRECTEMENT CHEZ VOUS

Vous souhaitez découvrir nos collections ? Une fois votre 1er colis à prix mini reçu, si vous souhaitez continuer à recevoir nos livres, cela se fera automatiquement. Vous n'avez aucune obligation d'achat et cette offre est sans engagement de durée !

Dans votre 1er colis, 2 livres au prix d'un seul
+ en cadeau le 1er tome de la saga *La couronne de Santina*.
8 tomes sont à collectionner !

☛ COCHEZ la collection choisie et renvoyez cette page au
Service Lectrices Harlequin – CS 20008 – 59718 Lille Cedex 9 – France

Collections	Prix 1er colis	Réf.	Prix abonnement (frais de port compris)
❑ **AZUR**	4,75€	AZ1406	6 livres par mois 31,49€
❑ **BLANCHE**	7,30€	BL1603	3 livres par mois 24,85€
❑ **LES HISTORIQUES**	7,30€	LH1202	2 livres par mois 17,49€
❑ **PASSIONS**	7,80€	PS0903	3 livres par mois 26,49€
❑ **BLACK ROSE**	7,90€	BR0013	3 livres par mois 26,79€
❑ **HARMONY***	5,99€	HA0513	3 livres par mois 20,76€
❑ **SAGAS***	7,99€	SG2303	3 livres tous les 2 mois, 29,46€
❑ **VICTORIA**	7,80€	VI2115	5 livres tous les 2 mois 42,09€
❑ **GENTLEMEN***	7,50€	GT2022	2 livres tous les 2 mois 17,95€
❑ **NORA ROBERTS***	7,90€	NR2402	2 livres tous les 2 mois prix variable**
❑ **HORS-SÉRIE***	7,70€	HS2812	2 livres tous les 2 mois 18,45€

*livres réédités / **entre 18,35€ et 18,75€ suivant le prix des livres

F23PDFM

N° d'abonnée Harlequin (si vous en avez un) ____________

Mme ❒ Mlle ❒ Nom : ____________

Prénom : ____________ Adresse : ____________

____

Code Postal : ______ Ville : ____________

Pays : ____________ Tél. : ____________

E-mail : ____________

Date de naissance : ____________

Date limite : 31 décembre 2023. Vous recevrez votre colis environ 20 jours après réception de ce bon. Offre soumise à acceptation et réservée aux personnes majeures, résidant en France métropolitaine, dans la limite des stocks disponibles. Prix susceptibles de modification en cours d'année. Vous pouvez demander à accéder à vos données personnelles, à les rectifier ou à les effacer. Il vous suffit de nous écrire en nous indiquant vos nom, prénom et adresse à : Service Lectrices Harlequin CS 20008 59718 LILLE Cedex 9. Service Lectrices disponible du lundi au vendredi de 9h à 17h : 01 45 82 47 47.